이제

하고 싶은

이야기가

있어요

선택적 함구증을 가졌던

쌍둥이 자매의

작은 기록들

이제, 하고 싶은 이야기가 있어요.

윤여진 + 윤여주

수오서재

내 마음을
온전하게 이해할 수 있는
나의 분신이자
나의 유일한 친구.

우리는 쌍둥이입니다.

우리는
집에서는 누구보다 잘 웃고, 잘 이야기하는
평범한 아이들이었지만

집 밖에 나가서는 입을 꾹 다물었습니다.
이제,
그때 하지 못한 말들을 해보려 합니다.

차례

성장통은 성장기에만 찾아오는 것이 아니다 109

그렇게 조금씩 내가 되었다 193

나는 늘 혼자였다

언니의 첫인사

어린 시절, 나는 말을 하지 않는 아이였다.

다섯 살의 나이에 유치원에 들어가면서 본격적으로 겪기 시작한 선택적 함구증Selective Mutism은 초등학교를 졸업할 때까지 나를 따라다녔다. 집 안에서는 활짝 웃고 떠드는 다섯 살짜리 꼬맹이의 이중생활. 유치원이나 학교에서는 어떤 상황에서도 입술을 쉬이 떼지 못했다. 고개를 위아래로 끄덕거리거나 좌우로 젓는 일조차 버거웠다. 누군가가 나 대신 의사표현을 해주지 않는 한, 일이 원치 않는 방향으로 흘러가도 거부하지 못했다.

나는 매 순간 자포자기하는 심정이 되어 하루하루를 살아갔다. 집 밖에서는 대부분 무표정과 침묵으로 일관했다. 괴로웠다. 하지만 나는 가면을 쓴 듯 내 감정을 드러내지도 않았다. 내 또래 아이들처럼 아무렇지 않게 입을 열어 목소리를 내고, 마음껏 뛰어놀고 싶었다. 집 밖에서 아이들은 서로 친구가 되었지만, 나는 늘 혼자였다. 본의 아니게 외톨이가 되는 일은 이미 일상이었지만 매번 창피하고 싫었다. 동시에 아무도 건드리지 않는 울타리 안에서 마음 편히 있고 싶은 마음이 한가득이었다.

"여진아, 초콜릿 먹을래?"

"……."

"여기에 두고 갈까? 아니야? 안 먹고 싶어?"

"……."

한 아이가 주머니에서 작은 초콜릿 한 개를 꺼내 보여주며 물었다. 재차 던지는 질문들에 아무런 반응이 없으니 초콜릿을 다시 제 주머니 속으로 쏙 넣었다. 아쉬웠다. 한입에 쏙 넣기 좋은, 정사각형 모양의 작은 초콜릿이었다. 어차피 내 필통 위에 놔두고 가봐야 그 자리에서 바로 먹어보지도 못할 초콜릿이었다. 고개를 끄덕거리는 일처럼, 초콜릿 껍질을 까 입으로 쏙 넣는 동작도 막막했으니까. 달콤한 초콜릿 맛이 떠올랐다.

'집에 가면 여주랑 같이 할머니한테 초콜릿 하나만 사달라고 해야겠다.'

이 모든 '이상한' 일들을 나와 똑같이 겪고 있는 인물이 있었으니, 그건 바로 나의 쌍둥이 동생 여주다. 내 마음을 온전하게 이해할 수 있는 나의 분신이자 나의 유일한 친구. 이 착실하고 내성적인 쌍둥이 자매는 사고를 일으키지 않고 말을 잘 들었으므로, 집 안에서나 집 밖에서나 큰 골칫덩어리들은 아니었다. 하지만 오히려 그런 이유로 우리의 선택적 함구증은 '내년에는 조금씩 나아지겠지'라는 희망으로 방치되었던 것도 사실이다.

애석하게도 매년 시간은 그대로 흘러가버렸다. 어느덧, 초경을 하고 초등학교를 졸업할 때가 되었지만, 나는 여전히 '말할 수 없는 아이'로 남아 있었다. 말해야 하는 상황에서도 늘 마네킹처럼 우두커니 있을 수밖에 없었다. 몇 년간 수천 번, 수만 번 반복되는 찰나의 순간들이 매번 두렵고 무서웠다. 대학생이 된 후에야 내가 어린 시절 겪었던 특이한 행동 양식과 심리 상태가 '선택적 함구증'이었다는 사실을 알게 되었다.

초등학교에서는 툭하면 앞자리부터 쭉 교과서 지문을 큰 소리로 읽어나가는 방식으로 수업이 진행되었다. 내 순서가 다가올 때마다 도망가고 싶을 정도로 마음이 심란해졌다. 모두가 정해진 규칙을 따르는 상황에서 우물쭈물 침묵할 수는 없는 일이었다. 순서가 되면, 내 짝꿍도 듣기 힘든 아주 작은 목소리로 내 몫의 정해진 문단을 읽어 내려갔다. 어서 선생님이 "그만" 하고 다음 차례로 넘겨주기를 간절한 마음으로 바라면서 말이다. 안 그래도 잘 나오지 않는 목소리인데, 친구들 모두 귀 기울여 듣고 있다고 생각하니 목소리가 더 작아졌다. 나는 이미 사람들 앞에서 말을 하지 못하는 이상한 아이였고, 그런 상황에서 주목받는 것이 늘 싫었다. 선생님의 "그만" 소리에 안도하고 자리에 앉지만, 창피한 마음은 조금 더 오래 남아 나를 괴롭혔다.

선택적 함구증은 단순히 목소리를 크게 내는 것에 대한 두려움을 넘어서는 문제이지만, 30여 년 전에는 그것에 관해 알고 있는 사람들은 거의 없었다. 단지 동생과 내가 머리가 아닌 마음으로 우리 자신의 상태를 알고 있었을 뿐이었다.

어린 나이에 그런 나의 마음을 엄마, 아빠에게 이해시키기란 불가능했다. 그 미묘한 마음은 세상 그 어떤 단어로도 표현하기 쉽지 않았다. 겪어보지 않으면 알 수 없는 그 마음. 말을 하지 않는 우리를 사람들은 답답해했다. 하지만 누구보다 가장 답답한 건 우리 자신이었다. '말을 안 하는 아이'로 낙인찍힌 상태를 벗어나고 싶었지만 별다른 돌파구를 찾지 못한 채 그저 하루하루 시간만 갈 뿐이었다.

'이건 진짜의 내 모습이 아닌데…….'

매일 스스로 가면을 쓴 채 일상을 살아갔던 나. 거기에서 오는 안타까움과 좌절은 그대로 내가 겪는 고통이 되었다. 나다운 내 모습으로 살아가는 일은 어려웠다. 또래 아이들에 비해 말을 하지 않는 만큼 머릿속은 더 많은 생각으로 가득 찼다. 겉으로 표현되지 못하고 내 안에만 머무르는 모든 감정과 그로 인해 뒤따라오는 결과들을 스스로 감내해야 했다.

나와 떨어진 공간에서 같은 일상을 반복하던 동생이 없었다면, 그 시절의 나는 얼마나 더 어두웠을까. 오롯이 혼자였던 그때의 나를 이해해주었던 쌍둥이 동생의 존재는 내게 큰 위안이었다.

어린 시절을 잊고 살다가도 불현듯 그때의 상황과 감정이 떠오르는 날이 있다. 조카의 행동과 표정에서 내 어릴 때의 모습이 보이면 덜컥 겁이 나기도 했다. 동생과 나는 종종 어린 시절에 대해서 함께 이야기 나누는 일이 많아졌다. 우리는 이 이야기를 글로 적어보기로 했다. 깨진 유리처럼 아픈 조각들을 모아 기록으로 남기는 일이 의미 있는 작업이 될지도 모르겠다는 생각이 들었다. 우리는 편지를 주고받듯, 서로의 글을 상대에게 보내고 다시 고쳐 쓰기를 반복했다.

소리 내어 울지도 못했던 어린 시절의 우리를 생각하며, 그리고 지금도 어딘가에 있을, 말할 수 없는 아이들을 생각하며. 우리가 써내려가는 문장들이 우리를 닮은 누군가에게 따뜻한 위로와 응원이 되기를 바라면서.

쌍둥이 언니 윤여진

나는 얼음이 되곤 했다

동생의 첫인사

나는 외로운 얼음 소녀였다. 집만 벗어나면 얼굴을 포함한 온몸이 굳어버리는 기분이었다. 온몸이 굳었으니 웃는 일도 우는 일도 거의 없었다. 목소리를 바깥으로 내보내기 위해서는 무척 큰 노력이 필요했다. 목소리를 내고 싶은데 안 나오는 것이 아니었다. 목소리를 내고 싶은 마음조차 없었다.

세상의 모든 것이 불편했다. 나를 쳐다보는 다른 사람의 시선이 싫었고, 말을 해야만 하는 상황이 겁났다. 예상치 못한 일들이 펼쳐지는 것이 두려웠다. 언니와 나는 약속이나 한 듯 집 밖에만 나서면 입을 다물었다. 그렇게 우리는 얼음쌍둥이가 되었다.

종종 언어장애가 있는 아이로 오해받기도 했다. 유치원 입학 때부터 초등학교를 다니는 동안 친구들로부터 "너 '벙어리'냐?"라는 질문을 수없이 받았다. 아이들은 그저 나에게 장애가 있는지 여부가 정말 궁금해서 묻는 말이었겠지만, 나는 그 질문에 아니라는 대답조차 하지 못했다. 고개를 젓지도 못했다. 아이들은 대답을 듣지 못한 채, 다시 멀어졌다.

선생님은 우리의 침묵에 심부름과 발표가 해결책이라고 생각했나 보다. 매년 담임선생님이 바뀌어도 심부름 담당은 나였다.

"이거 3반 선생님 드리고 오렴."

일지를 건네받고 문을 나서면 심장이 쿵쾅쿵쾅 뛰었다. 게다가 그 반이 언니네 반일 때는 나는 더더욱 불안해졌다. 나를 보고 동요하게 될 언니의 마음이 그려졌다. 나 역시 언니가 심부름으로 우리 반 앞문을 열고 들어오면 내 일처럼 손에서 땀이 났으니까. 똑, 똑, 똑. 노크를 하고 들어가서 낯선 선생님께 일지를 드리고 인사를 하고 나오는 1분 남짓한 그 시간이 내게는 1시간처럼 느껴졌다. 내가 문을 열고 들어가는 순간부터 아이들은 나에게서 눈을 떼지 않는다. 그럴 때면 나는 내 걸음걸이가 삐걱삐걱 어색하게 느껴졌다. 무표정한 내 얼굴도 창피했다. 심부름은 매주, 매달, 매년 반복됐지만 익숙해지지 않았다.

발표도 마찬가지였다. 선생님들은 걸핏하면 나를 지목했다. 그러고는 내가 정답을 말해도 못마땅하다는 듯 얘기했다.

"더 크게. 다시!"

그런 일이 반복될수록 내 입은 더욱 떼기가 힘들어졌다. 부모님과 선생님들은 우리를 어떻게 대해야 할지 몰랐다. 이렇게 해도 저렇게 해도 입을 열지 않았으니 답답한 노릇이었다. 그 당시 우리 주변의 어른들은 '선택적 함구증'의 존재를 몰랐기에, 모두들 우리가 자폐아인지 아닌지에만 신경 썼다. 그러나 집에서는 지극히 자연스러운 어린이들의 모습이었으므로, 부모님과 선생님들은 우리를 '다행히 자폐는 아니나 극도로 낯가리는 아이들'로 나름 규정지었다. 그러고는 시간이 우리의 상태를 자연스레 해결해주리라고 굳세게 믿었다.

그러나 우리는 보란 듯이 7년이 지나도록 그 모습

그대로였다.

그 시절을 떠올릴 때마다, 지금의 내가 남들 앞에서 자연스럽게 말할 수 있고, 친구들도 있다는 사실이 퍽 안심이 된다. 그러나 마음속 저 깊은 서랍에는 여전히 "너 바보야? 왜 말을 못해?"라고 나를 보고 찡그리고 한숨짓는 얼굴들이 생생히 존재한다. 그리고 서랍의 가장 구석진 곳에는 스스로를 한심하다고 생각하는 아주 작은 내가 있다.

어떤 날은 그 서랍을 열어도 덤덤하다. 아, 나의 과거 서랍이 열렸네. 그런 날 나는 필요한 것만 꺼내어 보고 다시 닫는다. 그러나 다른 어떤 날엔 그 꽉 채워진 서랍이 썩 유쾌하지 않아서 들여다보고 싶지 않다. 황급히 서랍을 닫는다. 서랍 안은 깔끔하게 정리하고 싶어도 잘 되지 않는다.

그래서였다. 글을 쓰기 시작했다. 비울 수 없던 그 시절의 기억을 기록으로 정리해야 했다. 그 시절의 어린 나를 위해, 나와 같은 아이들을 위해. 혼자이지만 혼자가 아닌 작은 아이들에게 들려주고 싶은 나의 이야기를 하나씩 서랍에서 꺼내어 본다.

쌍둥이 동생 윤여주

하루가

빨리

흘러가버리길

바랐다

여진

초승달 모양의 손톱자국

우리 초등학생 시절에는 2인용 나무 책상을 짝꿍과 둘이 나누어 사용하는 경우가 많았다. 아이들은 책상 위에 중앙선을 그어놓기 일쑤였다. 우리는 그 선을 '삼팔선'이라 불렀다. 자리를 바꿀 때마다 나는 내가 앉을 책상에 정확하게 반반 나누어진 선이 그어져 있기를 바랐다. 그리고 그 삼팔선을 내 옆자리의 짝꿍이 잘 지켜준다면 더할 나위 없이 좋았다.

어떠한 이유 때문인지 아무도 명쾌한 해답을 몰랐지만, 나와 내 동생은 '말을 하지 않고 가만히 있기로 작정한 아이들'이었다. 아니, 정확히 말하면 '말을 하고 싶어도 도무지 할 수가 없는 아이들'이 맞겠다.

가장 괴로운 것은 우리 자신이었다. 타인들과 섞여 지낼 수밖에 없는 교실 안에서, 그나마 마음 놓고 가만히 혼자 앉아 지낼 수 있는 공간은 나의 책걸상뿐이었다. 학급 구성원 모두에게 공평히 주어진 책걸상의 존재야말로 수업 시간 동안 자연스럽게 침묵할 수 있는 물리적 울타리가 되어주었으니 말이다.

쉬는 시간마다 삼삼오오 모여 화장실을 가거나 수다를 떨 때도 나는 그 책걸상에 붙어 있을 수밖에, 별다른 도리가 없었다. 고작 가로세로 40×30센티미터 남짓한 작은 직사각형은 아담한 나만의 공간. 내 나름의 둥지를 틀고 하루를 보내는 소중한 사각형이었다.

그렇기에 내 짝꿍이 경계선을 지켜주는 아이라면 참 감사했다. 물건들이 선 밖으로 삐져 나가 상대의 공간을 침범하지 않게 늘 배려하는 행동은 누군가에게는 일상이겠지만, 활발하게 뛰어다니는 평범한 초등학생 아이들에게는 쉽지 않은 일이었다. 마네킹처럼 조용히 생활하는 나를 괴롭히는 사람들은 생각보다 많지 않았다. 다행인 건지 나는 공부를 곧잘 하는 학생이었고, 선생님들은 이런 나를 '독특한, 그러나 말썽을 일으키지 않는 착실한 학생'으로 받아들였다.

하지만 1학년 어느 날, 얼굴에 '장난꾸러기'라 쓰여 있는 남자아이를 짝꿍으로 만난 뒤로, 내가 지키고 싶었던 평화가 깨졌다. 그 아이는 가만히 있는 나를 항상 괴롭히고 싶어 안달이 나 있었다. 툭하면 책상 위 삼팔선을 넘어오는 것도 문제였지만, 아슬아슬하게 선을 넘는 행동을 했을 때 내가 어떻게 반응하는지 시험해보곤 했다. 짝꿍의 그 검은 속마음이 뻔히 들여다보였지만, 별수 없었다. 나는 자타공인 '말을 하지 않는' 혹은 '말을 할 수 없는' 사람으로 낙인찍혀 있었으므로.

하루는 짝꿍이 내 손등을 사람들 몰래 꼬집기 시작했다. 어떠한 자극에도 무표정과 침묵으로 일관하는 내가 어디까지 견뎌내는지 확인하고 싶었나 보다. 시간이 지나면서 꼬집힌 상처들로 손등에 흉이 지기 시작했다. 표정도 행동도 감각을 느끼지 못하는 사람처럼 보였겠지만, 내 속은 전쟁터였다. 나는 속으로만 비명을 외쳐댔다.

'아파! 하지 마! 가만히 있는 나를 왜 못살게 구는 거야? 참을 만큼 참았어. 더 이상 못 참아!'

반복되는 꼬집기 행동이 극에 다다랐을 때, 혁명이 일어났다. 내가 적극적으로 짝꿍의 손등을 같이 꼬집기 시작했던 것이다. 나중에 성인이 된 후 알게 된 사실인데, 동생도 그 시기에 짝꿍에게 꼬집힘을 당하고 있었지만 같이 꼬집는 행동은 상상도 못했다고 한다. 지금도 까무잡잡하고 마른 그 짝꿍의 지저분한 손등이 또렷하게 기억난다. 우리 둘의 손등은 서로에게 남긴 초승달 모양의 손톱자국들로 지저분해졌다. 정말 그런 모습이었을까. 시간이 흐르며 내 기억이 사실을 과장하고 왜곡한 건지 알 수 없는 일이다. 하지만 분명한 것은 그 아이의 손등 위에도 상처가 남겨졌다는 사실이고, 내게 그 상징은 퍽 위안이 되었다. 내가 최초로 적극적인 방어 행동을 했다는 사실이 그 아이의 손등에 기록되어 있었기 때문이다.

하루는 그 짝꿍이 시험 시간에 내 시험지의 답을 베껴 쓰고 있었다. 산수 문제를 풀다가 막히는 문제를 힐끔거리며 보는 것이 아니라, 모든 문제를 전혀 풀지 않고 배짱을 부리며 나의 답을 옮겨 적고 있었다.

'문제를 푸는 시늉조차 하지 않고 저렇게 뻔뻔하게 커닝을 하다니.'

내 나이 일곱 살, 원래의 내 모습을 보이기 힘들었던 생활. 그 어린 마음에 인생은 그야말로 억울한 것 투성이었다. 그때의 나에게는 "보지 마"라고 말할 용기도, 시험지를 가리며 등을 돌려버릴 용기도 없었다. 그 대신 괴롭힘을 당하는 채로 있고 싶지 않다는 생각으로 또 다른 적극적인 행동을 하기 시작했다. 지금 생각해도 그때의 내가 그런 복수를 생각해냈다는 것이 대견하다. 빠르게 산수 문제를 풀어 내려가던 나는, 짝꿍이 괘씸해 머리를 썼다. 정답에는 나만 알아볼 수 있는 표식을 해두고, 답안을 쓰는 괄호 안에는 일부러 크게 오답을 적어 넣기 시작했다. 마음이 콩닥콩닥 뛰었다.

결과는 꽤 성공적이었다. 짝꿍은 내가 적은 오답들을 아무 의심 없이 그대로 옮겨 적고 있었다. 시간이 많이 남은 짝꿍은 그대로 엎드려 시험 시간이 끝나기를 기다리며 여유를 부렸다. 나는 그때부터 지우개를 들어 재빨리 오답을 지우고 정답을 적어 넣었다. 순식간에 일어난 일이었다.

"그만! 채점 시간입니다. 시험지를 짝꿍과 바꾸세요."

정답을 부르는 선생님의 목소리에 맞춰 빨간 색연

필을 쥔 우리의 손은 바삐 움직였다. 짝꿍의 시험지 위에는 사선으로 붉은 비가 내렸고, 나의 시험지 위에는 둥글둥글 붉은 함박눈이 내렸다. 채점이 진행될수록 짝꿍의 눈이 점점 동그랗게 커지고, 눈썹이 일그러졌다. 뭔가 억울하긴 했을 텐데 커닝했다는 걸 어디 말도 못하고, 어찌된 일인지 영문을 모르겠다는 표정이었다. 책상 위에 흩어져 있던 지우개 가루를 옆으로 조심스레 밀며 나는 마음속으로 조용히 쾌재를 불렀다.

'이제 나를 우습게 보지 마! 나를 괴롭히지 말라고! 당하고만 있진 않을 테니까!'

그로부터도 꽤 오랫동안 목소리 내는 일은 막막했다. 마음속에서 일어나는 고민과 갈등의 소란스러움을 혼자 겪어내야 했고, 그런 순간들이 쌓일수록 삶은 늘 벅차고 아팠다. 그래도 스스로를 보호하며 매일을 버티기 위해서는 나만의 방식으로 강해져야 했다. 삼팔선이 그어진 작은 직사각형 공간 안에서. 나의 작은 평화를 지켜내기 위해서라도.

여진

•

시간은 쌓여갔다

엄마는 우리가 쌍둥이라는 것을 사람들에게 보여주고 싶었는지 똑같은 옷을 자주 입혀줬다. 여섯 살 즈음이었을까. 엄마가 우리에게 자잘한 별 패턴이 그려진 검은색 원피스를 입혀주었다.

"반짝반짝 작은 별, 아름답게 비치네. 동쪽 하늘에서도 서쪽 하늘에서도. 반짝반짝 작은 별, 아름답게 비치네."

흰색 타이즈를 신고 별무늬 원피스를 입은, 똑 닮은 동생과 나. 누가 먼저랄 것도 없이 우리는 그 동요를 큰 소리로 부르기 시작했다. 양손을 모아 오른쪽, 왼쪽, 반짝반짝 흔들다가 집게손가락으로 동쪽, 서쪽을 번갈아 가리키며…….

유치원에서 안무와 노래를 배우는 시간이 되면 따라 하고 싶지 않았다. 그렇다고 모두 같은 동작을 하는 순간에 가만히 있는 행동으로 주목받거나 민폐를 끼치고 싶지도 않았다. 결국 우리는 아주 최소한의 동작들만 마지못해 힘들게 해냈다. 가령 박자에 맞춰 두 손을 번쩍 드는 동작이 있으면, 팔을 어깨높이까지만 살짝 들어 올리며 소극적으로 움직이는 식이었다. 핑그르르 360도 한 바퀴 도는 동작이었다면, 난 그 동작을 끝내 포기했을지도 모르겠다. 내 기준에서는 동작의 크기가 너무 컸을 테니까. 저 동작은 내가 감당하기가 벅차다고 생각했을 테고 하릴없이 다음 동작을 또 기다렸을 것이다.

빨리 흘러가버리길 바라는 순간들의 연속.

하나의 노래가 흘러나오기 시작하면 그 노래가 어서 끝나기를 바랐다. 그런 순간순간들을 버티면서 하원 시간이 되기를 기다렸다.

하지만 그때의 나는 벽에 걸린 시계를 보고도 몇 시

인지도 몰랐고, 얼마나 더 시간이 흘러야 집에 갈 수 있는지도 알 수 없었다. 영원히 끝날 것 같지 않던 시간은 결국 끝이 나긴 했다. 외로움, 서글픔, 당황스러움, 억울함 등의 온갖 감정들을 억누르고 무사히 사회생활을 마무리하면, 원래의 나로 돌아올 시간.

집으로 오면 동생과 나는 엄마가 사준 동요 책을 들고 소리 높여 신나게 노래를 불렀다. 〈아기 염소〉도 우리의 애창곡이었다.

"파란 하늘 파란 하늘 꿈이 드리운 푸른 언덕에, 아기 염소 여럿이 풀을 뜯고 놀아요. 해처럼 밝은 얼굴로. 빗방울이 뚝뚝뚝뚝 떨어지는 날에는 잔뜩 찡그린 얼굴로. 엄마 찾아 음매 아빠 찾아 음매 울상을 짓다가. 해가 반짝 곱게 피어나면 너무나 기다렸나 봐. 폴짝폴짝 콩콩콩 흔들흔들 콩콩콩 신나는 아기 염소들."

유치원에서 내내 무표정으로 있다가, 집에 도착하면 원래의 말괄량이 버전으로 되돌아가는 우리의 일상과 참 닮아 있는 노래였다. 하원 후 우리는 고립된 불안감에서 해방되어 집 안을 자유롭게 뛰어다녔다.

동요를 마음껏 부르며 놀던 우리만의 시간에 엄마는 늘 일을 하고 계셨다. 엄마, 아빠 앞에서 춤과 노래로 재롱을 부리는 것은 어색한 일이었다. 하지만 내 기억 속 그날은 어쩐 일인지 엄마 앞에서 〈반짝반짝 작은 별〉을 행복하게 불렀다. 유치원에서는 그토록 하고 싶지 않았던 안무를 아주 명랑하게 곁들여 하면서 말이다. 그날의 행동은 기억 속에 선명한 그림으로 남아 있다. 자잘한 별이 그려진 검은색 원피스를 입고, 손을 좌우로 흔들고 있는 우리 둘. 그리고 미소 띤 얼굴로 원피스 허리끈을 묶어주던 엄마의 모습이.

어린 시절 우리 자매는 엄마와 '손목시계 놀이'를 종종 했다. 엄마가 손목시계를 채워주겠다며, 우리 손목 위를 살짝 깨물어 치아 자국을 동그랗게 남겨줬더랬다. 몇 분이 지나면 눌린 살이 다시 올라와 시계가 사라졌고, 우리는 또 만들어달라며 엄마에게 서로 손목을 들이댔다. 그때는 몰랐다. 내가 시계 읽는 법을 그토록 헤맬 줄은.

동생 여주는 초등학교 1학년이 되자 시계 읽기를 꽤 빨리 마스터했는데, 나는 그때까지도 시계의 원리를 속 시원히 알 수가 없어 답답한 마음이 되곤 했다. 나는 학교에 남아 나머지 공부를 하는 학생처럼 엄마가 일하는 약국의 차가운 바닥에 엎드려 '시계 읽기'에 매달렸다. 엄마와 함께 학습지에 그려진 시계 그림을 얼마나 봤는지 모른다. 엄마는 바쁜 와중에도 자주 내 옆으로 돌아와서 시계가 몇 시를 가리키는지 같이 계산해주었다.

“여진아, 봐봐. 짧은 시침이 3을 가리키니까 3시. 긴 분침은 5분, 10분, 15분, 그 뒤로 두 칸을 더 갔으니까 16분, 17분. 3시 17분이네!”

나는 엄마의 설명을 들으면 고개를 끄덕였지만 다음 문제가 나오면 어김없이 헤맸다. 시계의 눈금을 연필로 이어가며 그린 포물선 자국들은, 갈피를 잡을 수 없는 내 마음 같았다. 엄마는 “허허, 참” 웃었고 그게 그렇게나 어렵냐며 고개를 저었다. 그때의 장면마저도 이제는 아름다운 추억이 되어버렸다. 내 손목 위에 시계 자국을 남겨주던 우리 엄마. 수십 개의 시계 그림을 같이 봐주던 우리 엄마.

시간이 켜켜이 쌓여 우리는 훌쩍 커버렸다. 나는 언제부터인가 침묵의 세계에 머무르지 않았고, 시침과 분침의 단위도 헷갈리지 않게 되었다. 회사원 시절, 오랜만에 엄마 집에 찾아가 머무르던 주말이었다. 매일 밤 11시에 퇴근해 집에 들어오는 엄마의 얼굴에는 피로감이 역력했다. 자정에 밤 인사를 하러 얼굴을 비치면 엄마의 눈

두덩이는 붉게 부풀어 있었다. 매일 밤 엄마는 오빠와 우리 모르게 혼자서 울고 있었는지도 모르겠다. 내가 엄마에게 울었느냐고 물으면 엄마는 매번 아니라고 고개를 저었다. 하루는 서글픈 목소리로 말했다.

"너희는 나처럼 살지 않았으면 좋겠다."

엄마는 그 뒤에 어떤 말도 하지 않았지만, 목소리에는 무거운 후회감이 진하게 묻어 있었다. 손목시계를 몇 번이고 만들어주고, 시계 그림을 몇 번이고 함께 읽어주던 엄마. 아마도 그때부터 이미 엄마의 인생 시계는 많이 지쳐 있던 모양이다. 그로부터 몇 달 후, 엄마는 아빠와 헤어지기로 했다고 고백했다. 엄마는 자신의 선택이 결혼하지 않은 딸과 아들의 혼삿길에 방해가 되는 것 아니냐며 미안해했고, 우리는 엄마에게 미안해할 일이 전혀 아니라고 잘했다고 말했다.

그날, 나는 엄마보다 기필코 더 잘 살아야겠다고 다짐했다. 잘 사는 모습으로 엄마를 위로해야겠다고. 그렇게 효도해야겠다고. 빨리 흘러가기만을 바랐던 나의 어릴 적 시간을 생각하면 안타깝지만, 이제는 그만큼 온전하게 나다운 모습으로 매 순간을 충실하게 살아가야겠다고. 그게 엄마가 보고파 하는 나의 인생일 테니까.

여진

•

내가 잘할 수 있는 일

밖에서 말을 하지 않기로 작정한 내가, 초등학생 시절 잘할 수 있는 것들은 많지 않았다. 수업 시간에 집중해서 시험을 잘 보는 일은 어렵지 않게 할 수 있었다. 그렇게 조용하고 착실하게 '공부 잘하고 말 안 하는 아이'로 살아가던 내가 그래도 잘 해낼 수 있던 다른 하나는 바로 글짓기였다.

말하기는 너무 어려워도 글쓰기는 혼자 조용히 생각을 적어나가면 되는 일이었다. 초등학교 1학년 때, 전국 백일장에 우리 학교 대표로 나갈 일이 생겼다. 잔디밭에 앉아 도무지 무얼 쓸지 몰라 시간만 보내고 있는데 다들 비슷한 상황이었나 보다. 이내 학생들 옆에 엄마들이 붙어 문장을 불러주는 우스꽝스러운 광경이 펼쳐졌다. 늘 바빴던 엄마도 그날은 어떻게 시간을 내서 나와 함께 해주었다. 다섯 개의 주제 중에 무얼 쓸지 고민하다가 '꿈'에 대해 쓰기로 결정했으나, 도저히 갈피를 잡지 못하자 엄마가 내 귀에 대고 빠르게 속삭였다.

"얼른 써. 그냥 '내 별명은 울보입니다'로 시작해."

그 순간, 사방에 있는 스피커에서 소리가 울려 퍼졌다.

"아- 아- 마이크 테스트- (삐)- 지금 학생들 옆에 있는 학부모님들은 잔디밭 밖으로 나와 주시기 바랍니다. 백일장 글짓기가 시작되었으니 속히 나와 주시기 바랍니다."

그랬다. 나는 울보였다.

유치원과 학교에서 내 감정을 숨기는 것은 익숙해져 있었다. 가면을 쓴 상황에서의 나는 속이 상해도 울지 않았고 아파도 이야기하지 않았다. 물론 집에서는 달랐다. 이제 와 생각해보면, 그렇게 밖에서 꾹꾹 눌러 참던 감정들을 집에서 분출할 계기를 기다렸을지도 모른다. 하지만 부모님이 집에 있는 시간이 짧았던 탓에 나는 엄마, 아빠 앞에서도 감정을 충분히 드러내지 못했다. 아마도 그 당시 내게 제일 편한 어른은, 가장 오랜 시간 곁에서 내 감정을 읽어주던 할머니였을 것이다. 내가 말귀를 알아듣는 초등학생이 되었을 때까지도 할머니 앞에서 마음 놓고 엉엉 우는 모습을 많이 보였던 것으로 기억한다. 할머니에게 치매가 찾아와 기억이 드문드문 끊겨갔을 때도 그 이야기만은 생생하게 들려주시곤 했다.

"너희는 둘 다 엄청 울었지. 그래도 여주는 울다가 기운이 없어서 '아이참, 아이참'거리면서 할미한테 와달라는 티를 냈지. 그래도 할미가 안 오면 지 스스로 나를 찾아왔지. 여진이는 고집이 더 세서 그런지 한번 울기 시작하면 종일 울었어."

아직도 하루 종일 울었다던 그날의 기분이 떠오른다. 어떤 이유로 서러워져 울기 시작한 어린 나는, 누군가가 나 좀 달래줬으면 좋겠다는 심정이 되어 더 크게 울음이 터져버리곤 했다. 울기 시작하는 나를 할머니는 달래주려는 둥 마는 둥 시동만 걸다가 부엌일이 바빠 이내 포기하고 모르는 척한다. 나는 또 그게 분하고 억울해서 바닥에 엎드려 엉엉 운다. 할머니가 뒤늦게 와서 내 등을 쓰다듬으며 힘드니 그만 울라고 하면, 나는 또 서러워져 더 소리 높여 운다. 속으로는 '왜 이제야 와준거야. 내가 원하는 방식은 그게 아니란 말이야. 빨리 기분이 좋아지고 싶었다고' 생각하지만, 입 밖으로 표현하지는 않았다. 그렇게 표출하지 않은 마음은 내 안에서 점점 커져버려 더 오랫동안 울게 만들었다. 아마도 학교에서 꾸역꾸역 눌러 쌓아둔 슬픔과 속상함이 한계치에 다다라 할머니 앞에서 터져 나왔으리라.

그리하여 그날 백일장에서 나는 엄마가 툭 던지고 쫓겨난 '내 별명은 울보입니다'라는 문장으로 자연스럽게 첫 번째 문단을 시작했다. 그 시절의 나는 별다른 꿈이 없었기에 그나마 그림을 잘 그린다는 믿음으로 '내 꿈은 화가입니다'라는 문장을 쓰며 두 번째 문단을 시작했다. 그 글로 동상 입상을 하게 되었다. 수상작들은 《풍선보다 높이》라는 제목의 책으로 발행되었는데, 내 글이 실린 페이지에는 제목 옆에 화가 모자를 쓰고 붓을 들고 울고 있는 소녀가 그려져 있었다.

지금도 나는 눈물이 많다. 사람들은 누구나 어린아이 시절의 본인을 마음속에 품고 살아간다고 한다. 나약해진 마음이 될 때마다 어린아이가 되는 어른들. 나 역시 책에 그려져 있던 그 소녀가 아직도 내 마음 안에 웅크리고 앉아 있기에, 나이 마흔을 앞두고도 가시 돋친 한마디에 눈물이 주룩 흐르기도 한다. 하지만 이제 내게는 웃음이 더 많다. 내 안의 기쁨을 함께 나누고, 슬픔을 서로 위로해주는 내 사람들도 많다. 성장 과정에서 내가 겪었던 어려움들은 이제 완전한 과거가 되어서 웃으며 말할 수 있는 여유마저 생겼다. 이제 화가를 꿈꾸었던 울보 꼬맹이는 진정 잘할 수 있는 일이 제법 생긴 어른이 되었다. 과거의 나를 있는 그대로 받아들이고 따뜻하게 안아주는 일, 그리고 오래전 나처럼 말하지 못하고 켜켜이 쌓아둔 상처들을 안고 살아가는 사람들의 마음을 조금은 헤아려보는 일……. 아팠던 시간이 없었더라면 내가 능히 해내지 못했을 일들이리라.

여진

김 굽는 날

우리가 태어났을 때, 할머니는 우리 집으로 출근하시기 시작했다. 엄마 아빠는 맞벌이로 바빴기에 오빠와 갓난쟁이인 쌍둥이의 육아를 신경 쓸 겨를이 전혀 없었다. 할머니는 집안일과 함께 우리를 돌보기 위해 고용된 분이셨다. 우리에겐 그 어떤 가족보다 친밀했지만, 남들에겐 그저 '시터 할머니'였다. 153센티미터의 작은 키, 뽀글거리는 파마머리, 발목까지 닿는 주름치마에 하얀 블라우스. 한결같은 모습으로 할머니는 늘 우리 집에 있었다. 할머니가 옷을 갈아입을 때 벗어둔 상의를 보면 참 신기했다. 이렇게 자그마한 어른의 옷이라니.

“할머니 옷은 진짜 작네. 이렇게 작은 옷은 어디서 사?”

“시장에서 사서 수선을 맡기지. 팔이랑 어깨를 줄여 달라고 하면 딱 입기 좋은 크기가 돼.”

할머니는 김을 자주 구워주었다. 네모난 큰 김을 한 장 한 장, 달궈둔 프라이팬에 앞면 뒷면 뒤집어가며 구웠다. 참기름을 바른 뒤 소금을 뿌려 마무리한 김들이 차곡차곡 쌓이면 밥 한 숟가락 싸기 딱 좋은 크기로 잘랐다. 김 굽는 고소한 냄새가 집 안을 가득 메우는 날. 바스락거리는 김이 입에 들어오면 갓 구운 김만큼이나 맛있는 것이 세상에 또 있을까 하는 생각마저 들었다. 그 후로 보름 정도의 시간이 지나면, 할머니는 또다시 부엌에 서서 성실하게 김을 구웠다. 미술 학원에서는 붓질을 마음껏 하지 못했지만, 할머니 손에서 건네받은 요리용 브러시로 갓 구워진 김에 참기름을 바르는 일은 즐거웠다. 소금 뿌리는 작업을 도우려다가 고르게 뿌리지 못해 소금통을 얼른 다시 할머니에게 건네주기도 했다. 할머니를 돕는 일이 짧게 끝나도, 김 굽는 날은 언제고 또 있을 것이기에 아쉽지 않았다.

우리 집에는 '크레페'라고 부르는 큰 반달형 베개가 있었다. 살굿빛 베개 커버는 비단처럼 부들부들한 천으로 테두리가 장식되어 있었다. 어느 초저녁, 나는 크레페 베개에 누워 손으로 베갯잇을 만지며 젖병을 잡고 있던 기억이 있다. 그 당시 유행이던 전지분유를 탄 젖병을 손에 들고 꿀깍꿀깍 우유를 삼켰다. 손에는 부드러운 비단의 감각이 느껴지고, 입에는 달짝지근한 우유가 흘러 들어왔다. 노곤하고, 편안한 시간이었다. 부엌에서 달그락 달그락, 할머니가 설거지하는 소리가 들려왔다. 유포리아(euphoria, 극도의 행복감)를 느낀 그날의 기억은 아직도 내 머릿속에 남아 있다.

이 젖병 때문에 할머니와 엄마가 의견 충돌하는 일이 더러 있었다는 것은, 성인이 된 후에 알게 되었다. 엄마가 쓰레기통에 버려둔 젖병을 할머니가 다시 씻어 챙겨두는 일을 반복했던 것이다. 오빠는 일곱 살, 우리 쌍둥이 자매는 이미 다섯 살이 되어 있었다. 온종일 약국 일에 치여 집 안에서 일어나는 일을 모두 컨트롤하기 힘들었던 엄마로서는 기가 찰 노릇이었다. 다섯 살이 되어서까지 간식으로 젖병에 우유를 타달라고 조르는 건 장

난기 섞인 어리광이었으련만, 그조차도 할머니에게는 감싸주고 싶은 결핍이었나 보다. 젖병 뗄 때가 한참 지났는데도 여전히 엄마가 없을 때면 젖병을 찾아 쥐어주는 할머니의 행동에 엄마의 마음도 오죽 답답했을까. 내 기억 속에 따뜻하게 남은 크레페 베개와 젖병의 추억은 너무도 아름다웠지만 말이다.

언제부터인가 우리 집에서는 젖병도 크레페 베개도 찾을 수 없었고, 김 굽는 날도 사라졌다. 간간이 엄마에게 할머니가 일을 그만둘 수도 있다는 말을 들을 때마다 '설마'라고 생각하고 넘기던 시기였다. 어느 날, 하교 후 집에 돌아왔는데 할머니가 없었다. 우리는 영문을 몰랐다.

"얘들아, 할머니가 할머니 집에서 커튼을 달다가 넘어져서 팔이 부러지셨대. 이제 팔 사용이 힘드시니 당분간 쉬셔야 하고, 우리 집 일도 그만두실 거야. 너희들도 이제 다 컸고……."

청천벽력 같은 소식이었다. 그 무렵 여주와 나는 초등학생 4학년이었다. 갓난아기 때부터 늘 같은 자리에 있던 할머니가 이제 함께하지 않을 거라는 사실을 받아들이기 힘들었다. 동시에 할머니가 다치는 장면을 상상하면서 마음이 아렸다. 가슴이 휑했다. 그 공허함을 느끼기에 나는 너무 어렸거나, 너무 자라 있었다. 내 인생 누군가와의 첫 이별인 셈이었다. 할머니와 함께한 10년. 그 사이에 나는 할머니의 충분한 사랑을 받으면서, 사람들에게 사랑을 나눠줄 수 있는 건강한 아이로 자라나고 있었다. 늘 같은 자리에서 나를 지켜주며, 불안한 나에게 정서적 안정감을 준 소중한 존재. 한결같은 따뜻함으로 나를 대해주었던 우리 할머니. 지금도 하늘나라에서 여전히 나를 내려다보고 있을 우리 할머니. 고마워요. 오늘 저녁 식사 때는 할머니를 생각하며 사부작사부작 김 봉지를 뜯어봐야겠다.

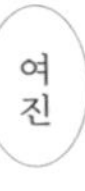

비밀 놀이터

우리 집은 2층이었다. 갈색 벽돌로 지어진 3층짜리 주택의 2층. 그곳의 작은 방은 부모님이 쓰셨고, 큰 방은 오빠와 동생, 나 이렇게 삼 남매가 사용했다. 거실에서 창문을 통해 밖을 내다보면 동네의 작은 쓰레기 소각장이 내려다보였다. 저녁이 되면 쓰레기 타는 냄새가 공기 중으로 퍼졌다. 바람을 타고 들어오는 구수한 불 내음이 싫지만은 않았다.

건물의 옥상은 세발자전거를 마음껏 탈 수 있는 공간이었다. 햇살 좋은 날에는 종종 할머니를 따라 올라가 함께 빨래를 걷었다. 여주와 나는 빨랫줄에 걸린 보송보송한 이불 사이를 비집고 들어가 세제 냄새를 맡으며 장난을 치곤 했다. 포근했다. 햇살도, 바짝 마른 이불도, 신발을 벗고 다시 들어서는 우리 집도.

할머니는 모서리가 닳은 갈색 가죽 소파에 앉아 빨래를 갰다. 나와 여주는 텔레비전에서 나오는 88올림픽 주제가 〈손에 손잡고〉를 들으며 가나초콜릿을 또각또각 잘라 먹었다. 나만의 놀이터. 집 안에 있으면 나는 부족한 것이 없었다. 외로움이 들어설 틈이 없었다.

집 밖은 전혀 달랐다. 주변 사람들과 섞이지 못하는 생활을 오랫동안 하다 보니, 소외감이 늘 나를 따라다녔다. 유치원에서든 학교에서든 주변 아이들은 항상 신이 나 있었다. 나는 놀고 싶은 마음이 없었다. 그저 불편한 공간에 마지못해 존재하고 있을 뿐이었다. 하지만 그러는 한편 항상 '저 무리에 섞여 남들처럼 평범하게 떠들 수 있다면 얼마나 좋을까, 그런 날이 과연 올까' 싶었다.

내 마음속의 모순.

아무도 모르는 곳에 숨고 싶다가도 모두와 함께 뛰어놀고 싶었다.

자유의지에 따라 움직이고 말할 수 있는 날을 갈망했다. 누군가의 관심이 부담스럽고 불편했지만, 나의 유별난 행동은 오히려 사람들 속에서 도드라지곤 했다. 왁자지껄한 놀이 시간 속에서 고요한 나는 오히려 눈에 띄었다. 유치원에서 시장 놀이를 하는 날에도 나는 장바구니만 손에 쥐고 같은 자리를 서성거릴 뿐이었다. 아이들은 알록달록한 과일과 채소를 장바구니에 소복하게 담았다. 종이 화폐를 주고받으며 "얼마예요", "천 원이에요" 시끌벅적했다. 나는 그저 그 시간이 끝나고 어서 집에 돌아가기만을 바랐다.

그러다가도 집의 초록색 철제 현관문을 여는 순간, 우리는 말괄량이로 변해 원하는 놀이를 맘껏 즐겼다. 할머니가 설거지를 마친 뒤 소파에 앉아 쉬고 있으면, 우리는 할머니한테 쪼르르 달려가곤 했다.

"미용실이에요. 파마 예쁘게 해줄게요."

소파 위로 올라가 그대로 서면, 짧고 꼬불꼬불한 할머니 머리카락이 손에 닿기 딱 좋은 높이. 양쪽에 한 명씩 서서 빗으로 머리카락을 빗고 드라이기로 말리는 시늉도 했다. 그럴 때 할머니는 우리가 귀엽다는 듯 이마로 내 이마를 꾹 누르며 웃기도 했는데, 그때마다 할머니의 작은 눈은 초승달처럼 더 작아졌다.

"할머니, 내가 좋아? 여주가 좋아?"

"너."

귓속말로 물으면, 할머니는 한 치의 망설임도 없이 내가 더 좋다고 대답했다. 나는 이 비밀이 진짜인 줄로만 알았다. 여주와 작전을 세워 각자 확인해본 결과, 할머니는 늘 '너'라는 대답만 계속해왔다는 것을 알게 되었다. 그래도 우리는 그 정해진 답을 계속 확인하는 것이 즐겁고 기뻤다. 알면서 속아주던 사람은 다름 아닌 할머니인데, 우리끼리 속닥속닥 그 비밀을 다시 공유하면 기분이 두 배로 좋아졌다.

자주 하던 또 다른 놀이는 약국 놀이였다. 초등학생 때 우리가 자주 보는 장면은 약국에서 엄마가 약 짓는 모습이었다. 그 시절엔 지금처럼 약 봉지를 자동으로 봉해주는 기계가 흔치 않았고, 1회 복용할 양의 약들을 정사각형 종이에 일일이 싸서 접는 방식으로 약을 포장했다. 엄마는 능숙한 손놀림으로 야무지게 예쁜 삼각형 조개 모양을 만들어냈지만, 우리는 아무리 애를 써도 엉성한 모양이 되었다. 우리는 약을 맘대로 만질 수 없었기에 비타민C가 들은 '실비아'를 가루약으로, 갈색으로 코팅된 초콜릿 '새알'을 알약으로 활용해 약 조제 놀이를 즐겼다.

오빠가 있어야만 하는 놀이도 있었다. '지우개 따먹기'가 한창 인기였던 시절, 우리는 집에 있는 탁상에서 본격적인 지우개 따먹기를 했다. 오빠는 학교에서 친구들한테 따온 지우개를 가져왔다. 여주와 내가 학교에서 그 놀이를 할 리 만무했기에, 새로운 지우개 영입은 오빠를 통해서만 가능했다. 아빠가 호주로 출장 갔다가 사다 준 지우개는 그야말로 에이스였다. 호주 지도 모양의 넓적한 파란 지우개는 한번 뒤집힐 때마다 상대의 작은 지우개들을 순식간에 덮어버렸다.

그렇게 여러 번 지우개 따먹기를 하다가 시들해질 때 즈음, 우리 키는 전보다 조금 더 자라 있었고 드디어 게임기의 맛을 알게 되었다. 게임기가 간혹 먹통이 되면 오빠는 게임기를 탕탕 두드렸는데 그때마다 멈췄던 게임기는 다시 작동했다. 슈퍼마리오의 다양한 시즌을 섭렵한 나는 마리오가 너구리 꼬리를 달고 하늘을 날아 굴뚝으로 들어갈 때, 공주가 사막에서 흙을 퍼내 지하로 들어갈 때, 루이지의 긴 다리로 못된 버섯돌이들을 지르밟을 때 희열을 느꼈다.

우리만의 비밀 놀이터. 집은 생활의 공간이자 유일한 놀이공간이었다. 학교를 오가는 발걸음은 단 한 번도 가벼웠던 적이 없지만, 그럼에도 불구하고 내 안의 진정한 나를 지킬 수 있었던 것은 우리 가족과 할머니, 그리고 비밀 놀이터 덕분이다. 내가 나로 존재할 수 있던 시간. 지금의 나를 만들어준 작고 소중한 놀이의 기억들. 가족에게 사랑받고 사랑하던 빛나는 순간들. 어른이 된다고 해서 살아가는 일이 마냥 쉽지는 않지만 때론 이 기억들이 나를 살게 한다.

「나의 동생 여주에게」

빈이가 아플 때면 예외 없이 너도 아파버리고 말지. '마음 놓고 아프지도 못하는 사람'이 아이를 가진 엄마들이라고 하더니. 엄마가 아이와 함께 아픈데 게다가 일까지 하러 나가야 하는 워킹맘의 비애로 네가 무너져 내리려 할 때면, 뛰어가 거들어주지 못하는 내 불가피한 상황에 또 한 번 속이 상하고 말아. 밀려드는 시험 탓에 '마음 놓고 아프지도 못한다'고 한탄하는 또 다른 사람들이 모여 있는 예비 의료인들의 섬에서 말이지.

할 일이 잔뜩 쌓인 나는 며칠을 고민하다가 얼마 전 큰맘 먹고 너희 집을 찾았어. 지하철을 이용하는 뚜벅이에게는 한 시간이 넘게 걸리는 그 거리. 그토록 보고 싶던 우리 조카 빈이의 얼굴을 보고서야, 갈까 말까 망설였던 나는 그제야 큰 보람을 느끼지. 문을 여는 순간, "이모~" 하고 살살 웃으며 나를 부르는 소리를 들으면, 버거운 현실에 치여 굳어 있던 내 마음이 또 흐물흐물 녹아버려.

그 자그마한 생명체가 어느 날 뒤집기를 하고 뒤뚱거리며 걷기 시작하더니, 어느덧 두 단어를 합쳐 말하는 것도 모자라 이제는 긴 문장도 자유롭게 쫑알거려. "빈이야, 너 그런 말도 할 줄 알아?" 나는 두 눈이 동그래져서 보드라운 볼에 쪽쪽 입을 맞추며 기특한 마음을 감추지 못해. 당연한 발달 행동들도 어린 조카가 꼬물거리며 하기 시작하면 이렇게나 신기해. 덕분에 학교에서 소아과 과목을 배우는 시간에는 귀를 쫑긋하고 듣게 되지. 한껏 심각해지기도 하고, 흐뭇하게 이모 미소를 짓기도 하고. 더 잘 배워서 우리 조카 아플 때 약손이 되어주어야지, 다짐을 해.

내가 우리 조카 빈이가 아닌 '아이'라는 생명체들을 제대로 마주한 것은 필리핀에서일 거야. 스무 살, 해외봉사를 하기 위해 갔던 필리핀 반타얀 섬의 작은 촌마을. 동네 꼬마 아이들은 매일 저녁이 되면 베이스 캠프장에 와 캠퍼들과 함께 놀았고, 그건 어느덧 우리의 일상이 되었어. 그중 유독 우리의 관심과 애정을 받기 위해 노력하는 아이들이 더러 있었어.

아이들의 그런 움직임들은 대부분 밝고 순수했지만, 잠시도 손을 놓지 않고 끊임없이 관심을 받기 위해 애쓰는 조용한 여자아이가 있었어. 집착적으로 누군가의 손을 잡거나 종일 안기고 싶어 하는 아이였지. 그 아이에게는 상대가 누구인지는 정작 그리 중요하지 않았던 것 같아. 아마 성장 과정에서 부모와의 스킨십이 부족했고, 안정감 형성에 문제가 있었던 건 아닐까 싶더라. 나는 그 아이가 안쓰러워 손을 잡아주고 웃어주었지만, 도가 지나치게 그런 행동을 반복하는 날이면 나 스스로 지쳐버려 은근슬쩍 눈길을 피하기도 하고 자연스럽게 손을 놓기도 했어. 그 맑고 촉촉한 눈동자는 애정을 끊임없이 갈구했지만, 스쳐 지나가는 봉사자들이 그 갈망을 채워주기에는 한계가 있더라고. 우리가 아무리 손을 잡고 눈을 맞추고 이야기를 나누어도 그 아이의 결핍은 채워줄 수 없다는 생각이 들었어.

결핍이라는 건 마음에서 먼저 비롯된다는 것을 나는 그 필리핀 봉사 활동에서 진정하게 깨달았어. 하루는 캠프장에 자주 오던 한 남자아이가 내 손을 잡더니 자신의 집에 가자는 거야. 처음에는 거절하다가 마지못해 끌려간 그곳은 빛이 조금도 들어오지 않는 어두컴컴한 집이었어. 나무로 대충 지어진 그 집은 태풍이 오면 단숨에 무너져버릴 듯했지. 우리를 찾아오는 밝고 생기 넘치는 아이들 대부분이 그렇게 쓰러져가는 집에 살고 있다는 걸 알고 적잖이 충격을 받았어. 온가족이 천장에 대롱대롱 달린 작은 전구 하나에 의지해 생활하는데, 그마저 잦은 정전으로 꺼지면 순식간에 칠흑 같은 어둠이 깔리는 동네였어.

그 아이의 아버지는 뜻밖의 손님을 반겨주시며 벽에 붙어 있는 세계지도를 자랑스럽게 보여주셨어. 한국은 저기에, 필리핀은 여기에 있다며 벽에 붙은 지도를 한참이나 가리키시더니 그 종이 한 장으로 나와 대화를 하고 있다는 사실에 너무나도 흡족해하셨어. 그때 느꼈어. 행복지수는 물질적인 것과 비례하는 게 결코 아니라는 사실을, 머리가 아닌 가슴으로 느꼈던 거야. 그 건강한 아이, 그리고 행복해하던 아이의 아버지를 보고. 그 어둑한 집에서 함께 나눈 밝은 미소가 나를 성장시켰던 순간이야.

나는 늘 바라곤 해. 나의 조카뿐 아니라, 이 세상의 모든 아이들이 몸도 마음도 아주 건강하게 자랐으면 좋겠다고. 물질의 결핍이 있더라도 마음의 결핍만은 없었으면 좋겠다고.

언제부턴가 나는 마음속에 방 하나를 만들어놓고 행복하고 충만했던 순간의 기억들을 차곡차곡 쌓아두고 있어. 힘들 때면 그 방문을 열어보고 다시 한번 힘을 낼 수 있도록 말이지. 내 안의 어린아이가 그 방 안에서 잠시 쉬었다 갈 수 있도록 말이야.

여주

•

날 닮은 너

흔히 아기들은 6개월 무렵부터 18개월까지 낯가림이 있다고 한다. 첫째 아들 빈이가 백일이 되기 훨씬 전부터 낯가림이 극심했다고 하면 일부 사람들은 믿지 못한다. 백일이 지나지 않은 아기가 낯가리는 일이 흔치 않다고들 하는데, 아들의 모습을 봤다면 세상사 중엔 평균에서 심히 벗어나는 일도 많음을 새삼 깨달았을 것이다.

빈이가 백일이 됐을 즈음 어느 날, 잠시 아이를 시어머님께 맡기고 남편과 함께 미용실에 다녀왔다. 낮잠에서 깬 빈이는 나를 보자마자 겁에 질려 울어댔다. 매일

하나로 질끈 묶여 있던 머리가 갑자기 파마머리가 되어 있으니 다른 사람인 줄로 알았던 것이다.

"빈아, 엄마야. 엄마 머리가 바뀌었지? 놀랬구나."

아무리 엄마 목소리를 들려주어도 아이는 정신없이 울어댔다. 당황한 나는 남편을 불렀다.

"여보, 여보! 빈이 내 머리 바뀐 걸 보고 무서워한다. 빨리 와서 빈이 좀 안아줘."

이윽고 남편이 헐레벌떡 달려와 아이를 안았는데, 아빠를 본 아이는 더 크게 울었다. 약간 짧아진 아빠 머리 또한 낯설었던 것이다.

빈이는 자주 보는 동네 친구 집인데도 안에 들어가려고만 하면 복도에서부터 울음이 터졌고, 그 집에 들어가서도 내내 울었다. 아이의 울음소리는 무슨 수를 써도 달랠 길이 없었다. 그 소리에 묻혀 이웃 아기 엄마와 대화조차 불가능했다. 그 당시 나는 친정식구들, 친구들과 떨어진 타지에서 파트타임 치과의사로 일하며 육아에만 전념하는 일상이 힘에 겨웠다. 친구라도 사귀고 싶었지만 아이의 낯가림이 이 정도이니 사람 사귀는 일도 내 마음대로 할 수 없었다. 육아 우울증은 시간이 지날수록 심해졌다. 낯가림 때문에 힘들었던 것은 아이 자신이었을 텐데, 나는 자꾸 다른 엄마들보다 내가 훨씬 더 힘든 것 같다는 피해 의식에 젖어들어 갔다.

빈이가 5개월 때는 초보 엄마의 설렘을 안고 문화센터 베이비 마사지 수업을 등록했다. 수업 첫날, 큰맘 먹고 수업 시간에 사용할 비싼 유기농 베이비오일을 샀다. 그러나 10분도 채 지나지 않아 빈이의 울음소리가 교실을 가득 채웠다. 손이 축축한 이유가 베이비오일 때문인지 나의 진땀 때문인지 구분이 가지 않았다. '낮잠 시간과 맞물려서 그렇겠지' 하며 수업이 끝나기도 전에 아이와 기저귀 가방을 둘러메고 헐레벌떡 뛰어나오던 나 자신을 위로했다. 그러나 낮잠을 재운 뒤 참석했던 두 번째, 세 번째 수업에서도 상황은 달라지지 않았다. 마사지를 채 시작하기도 전에 자지러지게 우는 아이를 보며, 내가 마치 아이를 고문하러 온 것 같다는 죄책감이 들었다. 결국 수업은 중도에 취소했다.

어느 날, 엄마에게 이런 나의 고충을 이야기하니 내 어린 시절 이야기를 들려주었다.

"너도 그랬어. 백일 되기 직전이었는데, 한번은 포대기로 널 업고 시장에 갔는데, 갑작스럽게 공포에 질린

듯이 빽빽 어찌나 울던지. 난감하더라니까. 낯선 사람들이 많으니 무서웠던 거지. 그런 걸 닮았네."

그 뒤로도 나는 집에만 갇혀 있을 수 없다며 꾸준히 문화센터 문을 두드렸다. 빈이가 7개월일 때 수강했던 오감 발달 수업은 어땠던가. 밝은 음악 소리와 함께 선생님이 마이크를 들고 아이들 눈을 한 명씩 맞춰가며 발랄하게 인사를 건넨다. 이미 교실에 들어올 때부터 시작되는 빈이의 긴장감은 "빈이, 안녕!" 하는 선생님의 목소리를 듣자마자 비명 같은 울음소리로 바뀌었다. 익숙해지면 달라지지 않을까 싶어 참고 참으며 꾸준히 수업에 참석했지만 변하는 건 없었다. 선생님은 매번 당황했고, 다른 엄마들은 매번 놀랐다. 나는 짐짓 평온한 표정을 지으며 아이를 안심시키려 했지만 내 노력은 늘 허탕이었다.

깨물어주고 싶을 정도로 귀여운 나비 복장을 입은 아이들을 사진에 담기 위해 엄마들은 손이 바빠졌다. 어찌나 예쁘고 사랑스러운지, 나 역시 감탄하며 카메라를 준비하지만 빈이는 끊임없이 울기만 했다. 예쁘다 생각했던 마음은 순식간에 미움과 원망으로 바뀌었다. 이 작은 아이가 뭘 알겠냐마는 울고만 있는 그 모습이 원망스러워지고, 아이가 닮은 나 자신이 미워졌다.

아무리 어르고 달래도 발악 같은 통곡이 15분 넘도록 이어지면 엄마들은 나를 안쓰러운 눈으로 바라봤고, 선생님은 수업에 집중하기 힘들어했다. 마사지 고문에 이어 오감 발달 고문까지 줄 수는 없었다. 몇 번의 시도 끝에 결국 또 수강을 취소했다. 나에게 남은 것은 너덜너덜해진 나의 멘탈과 나비 복장을 입은 채 울고 있는 빈이 사진 몇 장이 전부였다. 그 와중에 내가 더욱 놀랐던 점은 빈이 이렇게 정신을 못 차리고 우는데도 자못 평화로운 주변 아이들의 태도였다.

빈이가 세 살이 됐을 때 나는 치과 근무 시간을 늘리기 위해 아파트 단지 안에 있는 어린이집에 아이를 보내기 시작했다. 등원 적응 기간 동안 아이는 고목에 붙은 매미처럼 나에게 엉겨 붙어 한 시간 넘게 울다가 간식 시간에 반짝 음식을 조금 먹고, 다시 나에게 매달려 울기만 반복했다. 어린이집 선생님 역시 어떻게 해도 끝이 나지 않는 아이의 울음소리에 퍽 난감해했다. 다른 아이들은 하루하루가 다르게 어린이집에 적응해갔다. 며칠 만에 편안하게 웃으며 놀고 있는 아이들과는 달리 빈이의 모습은 변화가 없었다. 마주하기 싫은 현실에 나는 의욕을

잃어갔다.

보통 문제가 아니라는 생각에 어느 날 큰맘 먹고 아이를 데리고 발달센터에 갔다. 상담사에게 아이가 집에서 심하게 울면서 종일 안아달라고 한다, 어린이집이나 놀이터에서 다른 아이들을 보면 얼어붙는다 등의 이야기를 했다. 나는 케케묵은, 들추고 싶지 않았던 나의 과거도 덧붙였다. 아들이 나처럼 어린이집이나 유치원에서 말도 안 하고 친구들과 섞이지도 못하면 어쩌나 걱정이 된다는 이야기를 할 때는 참았던 눈물이 터져 나왔다. 놀이 관찰이 끝나고, 상담사와 이야기하는 동안에도 빈이는 내 옆을 떠나지 않고 계속 보챘다. 과자를 뜯어주고 겨우 대화를 이어가는데, 아이가 "물, 물." 하며 손을 뻗길래 가방에서 물병을 건네줬다. 그 모습을 지켜보던 상담사가 이렇게 이야기했다.

"지금 같은 상황에서도 그냥 물을 주지 마시고 '빈이 목마르구나. 물 줄게'라고 아이의 마음을 읽어주세요."

예민하고 불안감이 큰 빈이를 위해 최대한 아이의 감정을 자주 읽어주고, 어린이집은 당장 그만두고, 대신 엄마와 함께 다른 아이들을 접할 수 있는 환경을 찾아서 조금씩 적응하게 해주라는 처방을 받았다. 나는 과감하게 어린이집을 등원 일주일 만에 그만두고 나의 근무 시간도 다시 줄였다.

그러나 아이가 낯선 환경을 싫어한다고 해서 이렇게 늘 피할 수만은 없었다. 나와 언니가 어린 시절 대부분의 시간을 집에서만 지낸 것이 유치원 생활 적응을 더 어렵게 한 요인이지 않았을까 싶어 결국 나는 다시 빈이와 함께 문화센터에 등록했다. 두 돌이 가까워진 빈이는 그새 좀 컸다고, 자지러지게 우는 대신 망부석이 되었다.

이 장면은 굉장히 익숙했다. 어린 시절의 내 얼굴과 아이의 얼굴이 겹쳐 보였다. 그 조그마한 아이는 내가 긴장을 풀어주기 위해 어떤 노력을 해도, 무표정하게 가만히 서서 아무 활동도 하지 않았다. 마음이 조금씩 더 불안해졌다. 이런 행동의 패턴을 가장 잘 알고 있는 사람은 나와 언니였다. 어느 날, 다른 볼일이 생겨 언니에게 나 대신 빈이를 데리고 수업에 가줄 것을 부탁했다. 수업이 끝나는 시간에 겨우 도착한 나를 보자마자 언니가 말했다.

"여주야, 당장 그만둬……."

무언가 잘못되어 간다고 우리는 생각했다. 빈이가 문화센터의 문에 들어서면 굳어버리는 행동도, 나의 말에 대꾸하지 않는 태도도 모두 어떤 마음인지 알 것 같았다. 나는 빈이의 행동이 이해됐다. 문제는, 빈이의 마음이 이해가 가지만 그 마음에서 빈이를 꺼내줄 방법을 모른다는 것이었다. 그래서 나는 안절부절못했다.

나의 걱정을 아는 주변 사람들은 수줍음이 많으면 그럴 수도 있지 왜 별것도 아닌 걸 문제 삼느냐고 말했다. 하지만 나의 눈에는 마치 아들이 건널목을 건너지 못하는 아이같이 느껴졌다. 맞은편에서 나는 초록불이니 이리 건너오라고 손짓하는 중이었다. 빈이는 엄마에게 가고 싶은 마음이지만 어떤 마음속 두려움이 가지 말라고, 금방 빨간불이 될 테고 너는 그 길을 건너지 못할 거라고, 그러니 그냥 여기서 안전하게 나와 함께 있자고 속삭이고 있는 것은 아닐까. 내가 7년 동안 건너지 못한 그 길을 빈이가 지금 안심하고 무사히 건널 수 있도록 초록불을 더 선명하게 켜줄 수 있을까. 이런 생각들이 하루종일 내 머릿속을 떠나지 않았다.

여주

•

"잘 자라줘서 고마워"

얼마 전, 모래놀이 치료를 10회 만에 마무리했다. 아이의 치료가 아닌, 나의 치료였다. 작년 여름부터 아이들과 있을 때 자꾸 눈물이 났다. 슬픔의 눈물이라기보다는 짜증과 분노에 가까운 눈물이었다. 그 뒤에는 미안함의 눈물이 이어졌다. 아이들에게 불안감을 심어주는 나쁜 엄마가 된 기분이었다.

아기 때부터 내게서 한시도 떨어지지 않던 첫째는 크면서 좀 나아지는가 싶더니, 동생의 첫돌이 지난 뒤 더욱더 내게 매달렸다. 둘째는 둘째대로 한참 엄마 손이 필요한 시기였다. 큰아이가 5년간 모든 관심과 사랑을 혼자 받다가 갑자기 동생이 생기니 힘든가 보다 싶었다. 그러나 참고 참다가 결국 힘겨웠던 마음이 폭발하고, 이내 미안해하길 반복했다. 나는 한계에 다다랐다. 매일 아침 눈을 뜨면 '오늘은 또 얼마나 힘들까' 하고 한숨이 나왔다.

이대로는 안 되겠다 싶어서 밤늦게 퇴근한 남편과 상의를 했다. 빈이가 밖에서는 그렇게 모범생인데 집에만 오면 종일 트집 부리고 짜증을 내고 다리도 꼭 오줌 마려운 것처럼 동동댄다고 얘기했다. 나는 종일 참고 참다 매일 저녁 아이들에게 화를 내고, 짜증이 극에 달하면 눈물이 난다고도 했다. 나도 상담이 필요할 것 같지만 아무래도 빈이 또한 발달심리센터에 다시 가봐야겠다고. 남편은 예의 그 무덤덤한 표정으로 가만히 내 말을 듣더니 무뚝뚝한 부산 사투리로 정답을 얘기했다.

"빈이보다 니가 먼저 받아야 안 되겠나."

그래서 찾아가게 된 심리 상담이었다. 모래놀이 치료라면 어린이들이 하는 것이 아니냐고 묻자, 성인들도 무의식을 들여다보기 위한 도구로 이용한단다. 아무것도 없는 모래 위에 피규어나 장난감을 올려놓고 나만의 이야기를 만드는 것이다. 첫째 날은 막막한 상태에서 신중히 고민했다. 왠지 내 얘기를 하고 싶지는 않았다. 가장 마음에 드는 아궁이와 솥, 할머니와 어린아이 피규어를 놓고 시골집을 꾸몄는데, 상담사의 질문이 꼬리에 꼬리를 물었다.

"이 할머니는 무슨 기분일까요?"

"이 할머니는 자식이 있나요?"

"이 아이의 엄마는 어디 있나요?"

결국 자연스럽게 나를 키워준 시터 할머니 이야기를 하며 많은 눈물을 흘렸다. 그 후로 몇 번 나의 모래판은 최대한 나의 이야기를 숨기는 쪽으로 꾸며졌다. 이렇게 나를 숨기며 해도 되는 건지 몰라서 상담사에게 물었다.

"저는 최대한 제 얘기를 하고 싶지 않아서 저와 거리가 먼 것을 찾게 되네요. 이래도 되나요?"

상담사는 하고 싶은 대로 하는 것이 정답이라는 오묘한 대답을 했다. 무에서 유를 창조하는 것은 원래도 어려운 일인데, 모래 위 세계를 만들고 그것을 말로 설명해야 하는 건 나에게 무척 어렵고 부끄러운 일이었다. 나는 한참 서성대다가 하나의 피규어를 집고, 다시 또 고민하다가 또 하나를 집고 하는 식이었다.

그날도 나는 피규어 장 앞에서 망설였다. 첫날은 피규어가 꽤 많은 것 같았는데, 몇 번 하다 보니 사람 피규어들이 전부 표정도 밝은 게 없고, 그게 그거 같았다. 그러다가 피아노가 눈에 들어왔고, 나는 피아노를 치는 소녀 그리고 피아노 선생님을 옆에 두었다. 사람들 머리가 노랗길래, 집 바깥쪽은 유럽이라는 가정하에 공원을 꾸몄다. 나쁘지 않았다. 피규어들은 백인이고, 어릴 적 우리 집엔 피아노가 있긴 했지만 피아노 학원을 다녔을 뿐 집에서 개인 레슨을 받은 적이 없다. 이건 명백히 내 이야기가 아니다.

"이 아이는 지금 집에서 피아노 레슨을 받고 있어요."

"집 밖은 어딘가요?"

"유럽의 공원이에요. 집에서 공원이 가까워서 언제든지 산책할 수 있어요."

"아이는 어떤 기분일까요?"

"피아노를 좋아해서, 피아노를 치면 자기 세계에 빠져 있는 것같이 느껴요. 잘 안 되는 부분은 있지만 기분이 나쁘지 않아요."

"선생님은 어떤가요?"

"선생님은 기분이 좋지도 나쁘지도 않아요. 그래도 이 아이가 잘 치는 편이기 때문에 평소에도 인정해주고 있어요."

"아. 그렇군요. 아이는 피아노를 잘 치는 편이군요. 지금 피아노를 치고 있으니 행복하겠네요."

"그렇게 뛰어나지는 않지만 그냥 취미로 잘 치는 편이죠. 레슨을 싫어하는 건 아니지만 빨리 이 레슨이 끝나기를 기다리고 있어요. 혼자 치고 싶어서."

아뿔싸, '혼자'라는 단어가 또 나왔다. 이때부터 내 마음은 조급해지기 시작했다. 마음속에서 경고음이 울렸다. 큰일이다, 이야기가 또 나의 이야기로 흘러가고 있어! 아니나 다를까 상담사의 다음 질문에 나는 정곡을 찔렸다.

"이 집에는 선생님과 아이 말고 다른 사람은 없나요?"

"네…… 없어요. 엄마는 일이 있어서 나갔는데."

내 목소리는 떨리기 시작했다.

"엄마가 만약 지금 집에 있으면 이 아이는 기분이 어떤가요?"

사정없이 눈물이 쏟아진 것은 그때부터였다.

"엄마가 있으면…… 신경 쓰여요. 엄마뿐 아니라 주변 다른 사람들이 내 피아노 소리 듣는 것도 싫어요. 나를 평가할까 봐. 혼자 치고 싶어요. 엄마는 이 아이에게 잘 친다, 못 친다 얘기하지 않는데. 그래도 저는 싫어요."

나는 어느새 이 아이와 나를 동일시하고 있었다. 내 얘기를 하며 울지 않겠다던 나의 목표는 무참히 무너졌다.

"엄마는 평가하는 말을 하지 않나요?"

"네. 이 아이의 엄마는 애한테는 잘했다고 얘기하지 않지만, 남들에게는 얘기해요. 우리 애 피아노 잘 치는 편이라고. 이 애도 그걸 알아요. 그렇지만 엄마는 아이에게는 직접 그 얘기를 안 해요. 엄마가 내 피아노 소리를 들으면 실력을 평가하고 있지 않을까. 내가 잘하고 못하고를 엄마가 생각하게 되는 게 싫어요. 혼자 치고 싶어요."

그날 내가 흘린 눈물의 의미는 나도 모르겠다. 엄마의 칭찬과 인정이 부족했던 것인지, 늘 일하러 나가 있던 엄마의 부재가 갑자기 다가왔던 것인지.

엄마는 칭찬을 많이 하는 편이 아니었다. 내가 100점짜리 시험지를 보여줘도 엄마는 덤덤히 "잘했네"라고 했다. 나는 초등학교 시절, 내가 공부를 잘하는 것이 칭찬받을 일이 아니라고 생각했다. 당연히 나는 100점을 받아야 하는데 하나라도 틀리면 분하고 안타까웠다. 물론 학교에서는 티를 내지 않았다. 문제 하나 틀렸다고 사람들 앞에서 우는 아이는 아니었다. 나는 학교에서는 우는 것도 웃는 것도 하지 않는 아이였으니. 내가 반에서 1등을 해도 나는 내가 1등인지 몰랐다. 선생님들은 그런 걸 언제 엄마한테 얘기했는지 모르겠지만, 내가 초등학교 때 반에서 1등을 자주 했다는 것을 안 것도 성인이 되고 나서다.

그렇다고 엄마가 성적에 관한 잔소리를 했냐 하면, 그것은 더더욱 아니다. 엄마는 자식들에게 잔소리를 거의 하지 않았다. 유일한 잔소리는 책을 많이 읽으라는 것 정도였다. 비평준화 시절 시험을 보고 들어간 고등학교에서 내 등수는 믿을 수 없을 정도로 떨어졌다. 세상에, 똑똑한 애들이 이렇게 많다니. 나는 우물 안 개구리였다.

"너네 고3인데 너무 일찍 자는 거 아니니?"

그것이 학창 시절 엄마가 우리에게 한 최대의 잔소리였다. 요즘도 그 얘기를 하면서 엄마랑 자주 웃는다. 그때 우리는 이렇게 대답했다.

"엄마가 몰라서 그래. 집에서 밤새우고 공부한 애들

이 학교에서 얼마나 엎드려 자는지 알아?"

"맞아. 맞아. 수업도 안 듣고 다 잔다니까. 우리는 학교에서 안 자."

우리는 고등학생 시절 주말마다 한껏 꾸미고 안양 일번가를 돌아다녀도, 학원 간다고 해놓고는 엉뚱하게 놀다가만 들어와도, 야간학습을 빠지고 친구랑 공원 화장실에서 머리 염색을 하고 와도 엄마에게 고해성사하듯 모두 얘기했다. 하지만 엄마는 한 번도 혼내지 않았다. 다만 "난 너희를 믿는다" 했다.

잔소리 안 하고 우리를 믿는 엄마여서 다행이라고 생각했다. 지금 생각해보면 엄마가 우리 공부를 소상히 들여다볼 여유가 없기도 했겠지만, 덕분에 우리는 스스로 동기부여 하는 법을 배웠다.

나는 엄마에게 칭찬받은 기억이 별로 없지만, 엄마는 엄마 나름대로 칭찬을 했는데 기억을 못하는 나에게 서운해한다. 엄마는 극적으로 표현하는 사람이 아닌지라 내 기억에 엄마의 칭찬이 안 남은 걸 수도 있다. 그러나 지금의 엄마는 어린 시절부터 심하게 자신감이 없던 나에게 칭찬이 더 많이 필요했으리라고 생각하는 모양이다. 그래서 항상 빈이에게 칭찬을 많이 해주고 잔소리는 하지 말라고 일러두는 것일 테다.

중학교 시절 갑작스레 우리 집의 경제 사정이 나빠졌을 때, 부모님의 사이 또한 자주 틀어졌다. 시험 기간이었던 어느 날, 엄마는 우리 삼남매를 의정부부대찌개라는 식당으로 데리고 갔다. 엄마는 마치 할 말이 있는데 하지 못하는 사람처럼 보였다. 부대찌개가 바글바글 끓기 시작하자 엄마는 기다렸다는 듯이 국자를 들고 찌개를 뒤적이며 이야기했다.

"엄마가 너네한테 신경도 제대로 못 써주는데, 셋 다 알아서 잘 자라줘서 고마워."

엄마의 눈이 촉촉해졌다. 늘 씩씩했던 엄마의 그런 모습이 어색했던 우리 셋은 아무 말도 못 하고 애매하게 찌개만 바라봤다. 그날의 부대찌개는 참 맛있었다. 20여 년이 지난 지금도 맵싸한 부대찌개 냄새를 맡으면 잘 자라줘서 고마워, 라고 말하던 엄마의 목소리가 생생하게 떠오른다.

이제 곧 마흔을 바라보는 내가 힘든 일이 닥칠 때, 현실이 원망스러울 때마다 혼자 되뇌는 엄마의 문장들.

너희를 믿는다.

잘 자라줘서 고마워.

그 말들이 내 삶에서 그 어떤 다른 자잘한 칭찬보다 더 큰 힘이 되었을지도 모르겠다.

여주

•

때론, 투명인간이 되고 싶었다

점심을 먹고 나른한 기분으로 잠시 인터넷 서핑을 하다가 '영화 속 투명 망토가 현실로 다가왔다'는 기사를 봤다. 투명 망토라니 세상에.

해리 포터는 투명 망토를 쓰고 마법 학교를 누비며 비밀 단서를 찾는다. 해리 포터에 나오는 그런 투명 망토를 만들기 위해 과학자들은 인위적으로 빛을 굴절시키는 메타 물질이라는 것을 만들었단다. 정말 그런 망토가 현실 세계에 있다면 세상은 얼마나 혼란스러워질까? 꼭 그렇게까지 투명 망토를 만들어야 할까 싶기도 하지만,

나는 알고 있다. 지금도 여전히 투명 망토를 쓰고 싶어 할 아이들이 꽤 많을 것이라고.

언젠가 성인이 된 후 지인들과 각자의 초등학교 시절에 관한 얘기를 하다가 "나는 굉장히 내성적이어서 말도 안 하고 투명인간처럼 지냈어"라고 얘기한 적은 있지만, 사실은 그렇지 않았다.

내 마음속 진짜 이야기를 해보자면 "나는 어릴 때 남들 앞에서 말을 전혀 안 했어. 단순히 내성적이어서 말하기가 부끄러웠던 것이 아니고, 모든 상황이 다 불안하고 불편했거든. 그래서 친구도 없었어. 꼭 필요한 말도 못할 때가 많았어. 그래서 학교 다니기가 싫었어"라고 말해야 할 것이다. 그렇게 말한다면 이런 질문이 이어지리라.

"뭐가 불안해? 왜 말이 안 나와?"

"그러게. 선택적 함구증이라는 일종의 불안 장애였는데, 말을 하고 싶은데 못한 게 아니고, 아예 말을 하고 싶은 욕구도 없었어. 말만 그런 게 아니고 표정도 안 지어졌어. 웃는 것도, 우는 것도 못했어. 움직이는 것도 부자연스러웠어. 그렇게 편하지 않은 장소에서는 늘 무표정한 마네킹 같았어."

이쯤 되면 나는 대화의 주제가 빨리 바뀌기를 바랄 것이다. 위의 열 개도 채 되지 않는 문장을 입 밖으로 꺼내는 것만으로도 이미 내 안의 모든 에너지가 소모된 기분이다. 그리고 그 어두웠던 과거에 대한 부가적인 설명을 요구하는 상황을 만든 5분 전의 나 자신을 원망할 것이다. 하지만 내 속을 알 리 없는 그들은 또 물을 것이다.

"선택적 함구증은 텔레비전에서 본 적 있는데, 너도 집에서는 시끄럽고 놀이터 같은 데 가면 숨고 그랬어? 근데 그건 그냥 낯을 많이 가려서 그런 거 아냐? 뭐가 불안한 거야? 이유가 뭔 것 같아?"

이런 질문 세례를 받으면 벽에 부딪힌 기분이 든다. 그래서 나는 지인들 앞에서 웬만해서는 초등학교 시절 이야기를 하지 않는다. 그 어린아이의 7년을 말 한마디로 풀어내긴 나도 벅차다. 낸들 알겠는가. 그 시절 무엇이 그렇게 무서웠는지, 불안했는지. 그 이유가 무엇인지.

나도 모른다.

다만 그 시절의 평범하지 않았던 나의 모습이 기억에 생생할 뿐이다. 선택적 함구증에 대해 잘 모르는 사람들에게 그것을 설명하는 일이 너무 버거워 이제는 그저 '투명인간'이라는 단어를 빌린다. 차라리 그때의 나에게는 투명인간이 되는 편이 나았을지 모른다. 적어도 투명인간에게는 상호작용을 기대하지 않을 테니까.

말을 일절 하지 않으니 억울한 일투성이었다. 하지만 억울해도 어쩌겠는가. 말을 전혀 하고 싶지도 않고, 안 나오는데. 말을 안 함 → 억울한 감정 → 내 변호조차 할 용기와 의지가 없음 → 말을 안 함 → 더욱 억울한 감정. 이 악순환의 무한궤도를 우리 쌍둥이는 유치원, 초등학교 시절 내내 겪어야만 했다. 누가 시킨 것도 아니었고, 누구의 잘못도 아니었다. 그냥 그러한 기질로 태어난 것뿐일 수도 있고, 부모님이 밖에서 일하는 시간이 너무 많아 애착이 불안정해서일 수도 있고, 친손녀처럼 우리를 끔찍이 돌봐주는 할머니 외에는 다른 사람들과 교류할 필요를 못 느껴서일 수도 있다. 또는 배 속에서부터 붙어 있던 일란성쌍둥이 언니와 유치원이라는 낯선 공간에서 갑작스레 떨어져 '언니와의 분리 불안'이 생겨서일 수도 있고. 어쩌면 아빠의 변덕스러운 기질이 불안함을 더 키웠을지도 모른다. 아니, 아마 그 모두가 복합적으로 작용한 것이 원인이겠지, 하고 짐작만 할 뿐이다.

아무튼 나는 어린 나이임에도 평범하지 않은 나의 모습이 나의 잘못 같았고, 날 보는 눈빛들로부터 그저 숨고 싶었다. '제발 아무도 내게 말 시키지 말길'이라는 생각을 집 밖에서는 늘 달고 다녔다. 나에게 누군가 말을 거는 순간 나의 비정상적인 모습이 탄로 날 것이 두려웠다.

나의 억울했던 기억은 셀 수 없이 많지만, 유독 한 가지 기억이 생생하게 떠오른다. 한번은 기온에 대해 배우는데 선생님이 갑자기 쪽지 시험을 본다고 했다. 1번부터 10번까지 섭씨 몇 도인지를 써야 하는 문제였다. 몇 도에서 몇 도가 올라가면 몇 도인가, 하는 식으로 일종의 연산 문제였는데, 온도를 물었으므로 숫자 뒤에는 온도를 재는 단위인 °C를 붙여야 했다. 문제를 다 풀고, 각자 짝꿍과 시험지를 바꿔 채점하기 시작했다. 짝꿍은 모든 답에 °C를 빼놓고 숫자만 썼다. 맞았다고도, 틀렸다고도 채점하기 난해했다. 아마 당시 나는 단위를 쓰지 않았으니 틀렸다고 했을 경우, 그 아이가 나에게 구시렁댈 것이 불안해서 맞았다고 채점했던 것으로 기억한다. 내 짝꿍은 °C의 °를 잘 몰라 내가 단위를 표기한 것을 숫자 0을 썼다고 생각했다. 그게 아니라면, 늘 무표정하고 말도 안 하는 내가 못마땅했을지도 모를 일이다. 짝꿍은 내가 °를 그리 크게 그린 것도 아니었는데, 10°C라고 쓴, 첫 번째 문제의 답을 보고 "엥? 100도?" 하고는 고개를 절레절레 흔들면서 빨간 색연필로 쭉 사선을 그었다. 이윽고 그 아래 모든 문제의 답에 0을 하나 더 붙여 읽으며 신나게 붉은 사선을 쭉쭉 그어댔다. 100점짜리 답안은 순식간에 빵점이 되었다. 그 아이는 시험지 우측 상단에 너무도 명쾌하게 빨간 색연필로 "0점"이라고 써 넣었다. 세상에. 빵점이라니. 어찌나 분하고 답답하던지. 당연히 나는 아무 말도 하지 못했다. 단지, 속으로만 생각했을 뿐이다.

'어쩌지. 어쩌지. 바보 같은 짝꿍. 너무 미워. 선생님이 내 시험지를 보러 와주면 좋을 텐데. 어떡하지.'

평상시의 내 비극은 보통 이렇게 끝이 나는데, 그날은 어쩐 일로 행운의 여신이 날 지켜줬다. 선생님은 아이들에게 채점을 다했냐며, 칠판에 °C를 쓰고는 "이 °를 꼭 그려야 해요. 이건 기온을 뜻하는 거예요"라고 말해 주었다. 빼도 박도 못하게 내 짝꿍은 작대기를 동그라미로 바꿔 다시 채점을 해야 했다. 귀퉁이가 찌그러진 그

동그라미들은 다른 어떤 시험지의 동그라미보다도 날 안심시켰다.

어린 시절에는 남들에게 말을 못해 억울한 일들이 셀 수 없이 많았다. 그래서인지 성인이 되어서도 많은 감정들 중 '억울함'과 '외로움'이라는 두 감정을 다루기가 가장 힘들다. 그 두 감정을 맞닥뜨릴 때면 지금의 내 나이를 잊어버리고, 어린아이가 되어 허우적댄다. 자꾸만 가라앉아 빠져나오기가 여간 힘든 것이 아니다.

그러나 때때로 한없이 가라앉다가도 문득 정신을 차린다. 그 30년 전과 지금의 나는 다르다. 역시 세월은 허투루 흐르지는 않는 법. 이제 투명인간이 되고 싶은 마음은 사라지고, 그 마음이 떠난 빈자리가 다양한 사람들을 이해하고 공감할 수 있는 힘으로 채워졌다고 믿는다.

가령, 나를 많이 닮아 유독 낯선 아이들 앞에서 입을 닫아버리는 나의 아들을 볼 때, 치과 치료를 받으러 와서 무표정한 얼굴로 반응 없이 치료를 과하게 잘 받는 아이들을 만날 때, 익숙지 않은 상황에 쉽게 불안해하고 말하기를 힘들어하는 성인들을 볼 때. 그들의 마음과 똑같을 수는 없지만 그들의 기분을 공감하고 이해해주고 그들에게 불편하지 않은 상황을 펼치려고 노력한다.

그 노력이 효과를 발휘할 때도 있고 헛될 때도 있지만. 나의 노력이 잠시나마 그들의 마음을 부드럽게 녹여 자연스럽게 만들어주길, 그들이 그런 자신의 모습을 원망하지 않고 자신의 그러한 면도 사랑하며 살길 진심으로 바란다. 어떤 모습이든 우리는 모두 소중한 존재니까.

여주

•

나와 다른 너

숨이 턱 막혔다. 속이 메스껍고, 어지러웠다. 심장이 벌렁거리고, 다리에 자꾸 힘이 풀렸다. '내가 쓰러지면 빈이는 어쩌지?'라는 생각이 머릿속에 가득 차올랐다. 지하철역에서 열차를 기다리는 중이었다. 분명 10분 전만 해도 멀쩡했다. 급체했나 싶었지만, 빈속이라 얹힐 만한 것도 없었다. 아이가 놀랄까 싶어 태연한 척하며 손을 꼭 잡았다. 열차 안에서 내가 쓰러지면 누군가 119를 불러줄까, 아이를 나와 함께 구급차에 실어 보내야 할 텐데, 혹시 누가 빈이를 몰래 데려가는 것은 아닐까…… 불안은 또 다른 불안을 몰고 와 내 안에서 부풀었다.

눈앞에 집이 보이고 나서야, 조금 안도감이 들었다.

네 살이 된 아이를 보낼 어린이집을 찾기 위해 상담을 다녀오는 길이었고, 친절한 원장 선생님과 수다 떨듯이 얘기를 잘하고 나왔다. 그때까지는 괜찮았다. 아이는 낯을 가리느라 선생님 앞에서 말이 없고 긴장했지만 기분이 꽤 괜찮아 보였다.

언니에게 전화를 했다. 언니는 빈이가 적응하기 힘들어할까 봐 내가 걱정과 긴장을 너무 해서 그런 게 아니겠냐며, 충분히 그럴 수 있다고 진정하라고 말해주었다. 내 불안을 완벽히 이해하는 언니의 익숙한 목소리에 터져버릴 듯 뛰던 심장박동이 조금은 누그러졌다. 옆에서 아이가 들을까 염려스러워 이제 좀 나아졌다는 얘기를 하고 통화를 마치고는 곧바로 언니에게 미처 하지 못한 이야기를 메시지로 보냈다.

'그러게, 빈이는 내가 아닌데…… 왜 나는 머리로는 알면서 자꾸 나처럼 될까 봐 불안한 거지?'

며칠 뒤, 또 다른 숲놀이학교 입학 설명회에 갔다.

빈이는 낯선 아이들이 모여 있어도 실내보다는 실외를 편안해하기 때문에 빈이에게 잘 맞지 않을까 생각한 곳이었다. 그곳은 앞서 갔던 어린이집과는 달리 회의실 같은 곳에서 스무 명가량의 엄마들이 모여 원장 선생님의 설명을 들었다. 자료 화면에 나오는 아이들의 표정이 밝았다. 숲속에서 돌멩이, 도토리, 솔방울로 소꿉놀이하는 아이들의 모습. 우비를 입고 장화를 신고 물웅덩이에서 첨벙대며 노는 아이들의 모습. 자연 속에서 자유로이 뛰어노는 어린아이들의 모습에 흐뭇해졌다. 우리 아이가 저렇게 자연스럽게 다른 아이들과 섞여 노는 모습을 보고 싶다는 생각이 들었다.

그런데 갑자기 나의 어깨와 목이 뻣뻣해지더니 속이 안 좋았다. 기가 막혔다. 남 일만 같던 공황 발작이 나에게 온 것인가. 빨리 설명회 자리를 벗어나고 싶었다. 하지만 내 증상을 인정하기가 싫었고, 갑자기 내가 벌떡 일어나면 다른 사람에게 민폐가 될까 신경이 쓰여 뛰쳐나가지 않고 진땀을 흘리며 끝까지 자리에 앉아 있었다. 한 원생의 학부모가 앞으로 나와 이 기관을 추천하는 이유도 발표했지만, 어떤 설명도 내 귀에 들어오지 않았다.

이후 빈이는 그 숲놀이학교를 다니기 시작했고, 예상했듯 긴 적응 시간이 필요했다. 꼬박 한 달 동안 아침마다 울고 발버둥치는 아이를 억지로 등원 차량에 욱여넣었다. 한 달 반이 지나자 선생님께서 알림장을 통해 '말이 없던 빈이가 처음으로 소리 내어 웃었다'고 전해주었다. 이 평범한 웃음이 내게는 너무도 기쁘고 특별한 일이기에 수첩에 행복을 담아 메모했다. 하지만 생각했던 것보다 긴 시간 동안 원에서 자연스러운 모습을 보이지 않자 아이에 대한 걱정이 커졌다. 집에서는 애교가 많고 감성이 풍부한 모습을 보여주는 아이였다. 아이가 나처럼 선택적 함구증이 생긴 것은 아닐지 나로서는 최악의 상황까지 그려보고, 틈만 나면 인터넷 검색을 했다. 선택적 함구증이 생각보다 어린 나이에 시작되는 경우가 많음을 알게 되고 나서는 더욱 불안해졌다.

6개월 뒤, 드디어 아이는 친한 친구들과 자연스레 이야기를 하기 시작했다. 낯을 많이 가리고 쉽게 긴장하는 기질은 변하지 않았지만, 그것에 대해 내가 도와줄 수 있는 일은 딱 세 가지뿐이었다. 아이의 감정을 공감해주기, 미리 닥칠 일을 이야기해주기, 할 수 있다는 자신감을 불어넣어주기. 아이는 천천히 모든 것이 좋아져 1년이 지나자 낯익은 친구들과는 개구쟁이처럼 뛰어놀고 시끄럽게 굴었다.

시간이 흘러 어느새 아이의 초등학교 입학 날이 되었을 때, 나는 또 한 번 빈이와 내게 과거의 증상이 찾아올 수도 있다고 예상했다. 빈이가 다시 입을 다물 수도, 나의 불안과 긴장이 신체적 증상으로 나올 수도 있었다. 단단히 각오하며 마음을 다잡았다. 빈이 역시 집을 나서면서부터 심하게 불안해 보였다. 학교를 가는 내내 표정 없는 얼굴로 말을 한마디도 하지 않았다. 긴장을 풀어주려고 농담을 해보았지만 별로 효과가 없었다.

"빈아, 많이 긴장되지? 엄마도 다 알아. 너무 걱정하지 마. 막상 가면 생각보다 재미있을 거야."

그 말이 아이를 위한 말인지, 나를 위한 말인지 알 수 없었다. '입학'이라는 두 글자가 나에게 외상 후 스트레스 장애처럼 줄곧 위축감을 가져다주었다. 아는 친구가 한 명도 없는 미지의 공간에서 새롭게 적응을 시작해야 한다는 사실이 마치 나의 일인 양, 내 손에 자꾸만 땀이 고였다.

학교에 도착하니 코로나 때문에 학부모는 건물 내

출입이 불가능했다. 아이들은 소독약이 뿌려진 끈끈한 발판 위를 꾹꾹 눌러 밟고 건물로 입장했다.

"차례대로 여기를 신발로 밟고 나서 들어오세요."

선생님은 불특정 다수에게 한 말인데 잔뜩 얼어 있던 빈이는 용수철이 튕겨지듯 발판을 밟으러 빠른 걸음으로 나아갔다.

찍-찍-.

아이는 발판을 밟더니 뒤도 돌아보지 않고 안으로 들어가 버렸다. 잘 다녀오라는 인사도 못했는데…… 한 번쯤은 뒤돌아보지 않을까 싶어 한동안 자리를 뜨지 못했다. 따뜻한 눈길로 손을 흔들어주고 싶었지만 아이는 끝내 뒤를 돌아보지 않은 채 내게서 멀어졌다. 뒷모습인데도 아이가 느끼고 있을 불안이 고스란히 전해져서 눈물이 날 것만 같았다.

근처 커피숍에서 커피를 마시고 2시간 뒤 빈이를 데리러 다시 학교로 갔다. 커다란 가방을 멘 모습이 아직은 어색한 1학년들이 병아리들처럼 운동장으로 쏟아져 나와 엄마, 아빠를 찾아갔다. 빈이가 어떤 얼굴을 하고 나올지 예상할 수 없었다. 아이를 만나면 꼭 안아줘야지, 생각하고 있는데…….

"엄마!"

빈이의 목소리가 들렸다. 뒤돌아보니, 아이는 활짝 웃는 밝은 얼굴로 내게 뛰어오고 있었다. 나는 아들의 주눅 들은 모습을 보리라고 각오했는데, 아이는 보란 듯이 미소를 만발한 채 이야기했다.

"생각보다 재미있었어."

안도의 한숨이 새어나왔다. 빈이는 두 팔을 벌리고 운동장을 뛰어다녔다. 처음 오는 장소에서 그렇게 자유로운 모습은 엄마인 나조차도 처음 보았다. 그 순간, 내 아이가 나의 예상보다 단단한 아이라는 사실을 깨달았다. 심하게 두근거릴 뻔하던 심장이 마침내 행복감에 잦아들었다. 운동장에 뛰어다니는 이 많은 아이들은, 낯선 장소에서 평범하게 적응해가는 일이 실로 얼마나 대단한 것임을 알까. 혹여 오랜 시간이 지나도록 적응하지 못하는 아이라 해도 낯선 환경을 받아들이기 위해 마음을 쓰며 버텨내는 것만으로도 존중받을 만하다는 걸 알고 있을까.

아이가 아무리 나의 일부를 닮았어도, 나와는 다르다. 어쩌면 아이 앞에 펼쳐진 새로운 풍경과 시작을 두고 지레 겁을 먹은 것은 빈이보다 나였을지도 모른다. 아이의 모습에 나의 어린 시절을 투영하면서 긴 시간 스스로 힘들어했음을 깨달았다. 나는 그제야 아들과 나 사이의 끈을 조금 더 느슨히 풀어놓고, 그 대신 내 안의 어린 자아에게 눈을 돌릴 수 있었다.

오늘 학교에 다녀온 빈이가 친구에게 초대장을 받았다며 나에게 내민다.

'생일 파티에 초대합니다. 이번 주 일요일 4시'

내가 한 번도 받아보지 못한 생일 파티 초대장을 바라보면서 가만히 웃으며 생각한다.

역시 넌 나와 다르구나. 비로소 나는 아이로부터 한 발자국 더 떨어질 준비를 한다.

여주

•

어린 나를 안아준다

초등학교 시절 내가 가장 싫어했던 과목은 체육이었다. 지나치게 내성적인 아이였으니 체육을 싫어했던 것이 어쩌면 당연한 일이었다. 하지만 체육 시간이 끔찍했던 이유는 수업 그 자체보다는 '체육 수업을 위해 운동장으로 나가는 시간' 때문이었다. 가끔은 나를 챙겨서 같이 밖으로 나가는 아이도 있었지만, 대부분은 나 혼자였다. 둘 중에서 나는 후자인 편이 좋았다. 누군가 나에게 같이 나가자고 손을 잡으면 나는 늘 마지못해 끌려갔다. 혼자인 것이 더 편했다. 그러나 교실에서 나와 계단을 내려가는 일이며, 운동화를 갈아 신는 일이며, 운동장까지 나가는 일 모든 것이 곤욕이었다. 학교에서는 목소리가 나오지 않는 것뿐 아니라, 무엇을 하든 마치 근육이 굳어버린 듯 몸이 어색하게 움직여졌다. 교실에 가만히 앉아 있는 것이 일상이라면, 그 일상을 벗어난 모든 변수들을 견디기가 힘들었다.

아무도 나를 보지 않음에도, 나는 마치 개미들도 나를 보면 안 된다는 듯 구석으로 가 등을 돌리고는 최소한의 움직임으로 어색하게 실내화를 벗고 운동화로 갈아 신는다. 그러나 서둘러서는 안 된다. 너무 미리 나가면 남는 시간 동안 어찌할지 몰라 더욱 난처해진다. 운동장에 나가자마자 수업이 바로 시작되면 좋겠지만, 대부분은 시간이 남았고 아이들은 삼삼오오 모여서 막간의 자유 시간을 즐겼다. 그동안 나는 멍하니 혼자 서 있다. 무리에 섞이고 싶은 것은 아니었다. 혼자 가만히 서 있는 것이 눈에 뜨일까 봐 염려되는 것이다. 사람들 눈에 띄고 싶지 않았지만 별도리가 없다. 계단에라도 앉고 싶었지만 그것 또한 자연스럽게 해낼 수가 없다. 당시의 나에게는 선생님이 나타나는 시간에 계단에 앉아 있는 것이 '정답'이 아니었기 때문이다. 누군가 나에게 계단에 앉으라고 얘기했다면 나는 차라리 쉽게 계단에 앉았을 것이다. 지금도 그때를 생각하면 당시의 난감한 기분이 너무도 생생해 눈을 질끈 감을 정도로 괴롭고 부끄럽다. 그렇지만 한 가지 달라진 게 있다면, 그때의 그 작은 나는 불안했을 뿐이라고 과거의 나를 다독이며 안아줄 수 있는 마음가짐이다. 그 소녀는 주변의 많은 것들에 마음이 편치 않아서 입, 얼굴 표정, 몸동작 모든 것이 부자연스러웠던 것이다. 이러지도 저러지도 못했던 아이.

체육 시간을 싫어했으니 체육을 못했을 거라고 생각한다면 오산이다. 물론 배구, 발야구, 피구처럼 공이 어디로 튈지 모르는 운동은 몸이 적극적으로 움직여지지 않았기에 힘들었다. 수업이 조금 일찍 끝나면 늘 아이들은 선생님을 졸라 발야구나 피구를 했다. 나에게는 그것도 변수였다. 선생님은 왜 수업을 꽉 채워서 하지 않을까. 아이들은 왜 그렇게 발야구와 피구를 좋아할까. 특히, 피구를 할 때는 소극적으로 몸을 겨우 움직였음에도 전혀 의도치 않게 마지막까지 살아남게 되면 그렇게 후회될 수가 없었다. 다들 경기에 집중하고 나를 응원하는 상황은 불편했다. '차라리 아까 일부러 공 맞고 나갈걸.'

나는 빨리 공에 맞기를 기도하는 마음으로 피구를 했다.

그러나 줄다리기, 철봉 매달리기, 줄넘기, 달리기처럼 방법이 정해져 있고 혼자 하는 운동은 꽤 잘했다. 그래서 체력장 점수는 항상 좋았다. 체력장은 각자 자기 점수 내기에 바빴고 나를 응원한다거나 나에게 집중하는 사람이 없었기 때문에 덜 괴로웠다. 윗몸일으키기, 오래 매달리기 같은 종목은 나를 따라올 자가 없을 때까지 버텼다. 지구력이라기보다는 오기에 가까웠다. 문제는, 달리기. 나는 달리기를 잘했고, 같은 반 아이들도 그 사실을 알고 있었다. 매번 계주 경기에 추천받았으나 나는 그러한 상황을 즐기지 못했다. 그저 거절의 표현을 못해 매번 억지로 나갈 뿐이었다.

"달려라, 여주야, 달려!! 달려! 더 빠르게!!"

나를 응원하는 아이들의 목소리가 숨 막히게 부담스러웠다. 내 이름이 불릴 때마다 내 다리에 돌이 하나씩 얹히는 것같이 무거워졌다. 1등을 해야 한다는 의무감에 무작정 뛰었다. 나로 인해 우리 팀이 지는 것은 상상조차 하기 싫었다. 우리 팀이 1등을 해도 나는 절대 웃지 않았지만, 안도감에 마음이 조금 편해졌다. 계주가 나 혼자만의 게임이 아닌데도 우리 팀이 1등을 하지 못하면 마치 나의 잘못처럼 느껴졌다. 그 죄책감이 미리 걱정되어 젖 먹던 힘까지 뛰었다. 다들 뛰라고 하니 그저 열심히 뛰었다. 아마 선생님이 나에게 오늘 군포시를 한 바퀴 뛰라고 했다면 그 당시의 나는 죽을힘을 다해 기어코 뛰었을 것이다. 포레스트 검프처럼 말이다.

체육 시간마다 '오늘은 부디 교실 수업이길' 하고 기도하던 어린 소녀. 신발 갈아 신는 일조차 어려웠던 나는 나 스스로를 초라하고 한심하게 바라보았다. 아무것도 아닌 일에 나는 왜 그토록 당당하지 못했을까? 왜 늘 죄인처럼 숨고 싶었을까? 사춘기가 다가올수록 나는 자존감이 더욱 낮아졌다. 이제는 안다. 나는 한심하지도 초라하지도 않았다. 단지 조금 달랐을 뿐. 남들 앞에서 뭐 하나 자연스럽게 잘해낼 수는 없었지만 끈기와 인내심은 뒤지지 않았고 누구보다 성실했다.

쓸쓸했던 어린 여주야, 불안했던 남들의 시선을 이겨내느라 고생했어. 잘 뛰었어. 잘했어. 기특해.

나는 이제 어린 나에게 자주 칭찬을 해준다.

여주

•

노을

하늘이 붉게 물드는 시간은 황홀하고 안정적이다. 나는 그 사실을 유치원 때부터 뼛속 깊이 알았다.

무표정한 얼굴로 모든 행동이 부자연스러웠던 나는, 이런 내가 마음에 들지 않았지만 아무리 발버둥질해도 나의 껍데기에서 벗어날 수가 없었다. 아니, 발버둥 자체를 칠 수가 없었다는 표현이 더 정확하겠다. 온몸이 굳어 있는 기분이었으니까. 부디 아무도 말 시키지 말길, 아무도 나를 쳐다보지 말길. 종일 꾸역꾸역 그 긴 시간들을 버티면 하루의 끝에는 늘 평온한 집이 날 맞이해주었다. 다정한 우리 천사 할머니와 함께.

2층 집. 우리는 그 집을 그렇게 불렀다. 1층에는 갈비집이, 3층에는 작은아버지 식구들이 살던 붉은 벽돌집. 내 기억 속 가장 오래전의 집인데 어쩐 일인지 이 집에서의 우리가 가장 생생하게 떠오른다. 할머니는 늘 밤 9시까지 우리 집에 머물렀다. 2층 집에 도착하면 오빠는 학원을 가거나 엄마 일터에 같이 가 있는 날이 많아, 할머니와 언니와 나 이렇게 셋이 보내는 시간이 많았다.

유치원에서는 서로에게 눈길조차 주지 않던 우리는 집에 오면 보통의 평범한 자매가 되었다. 우리는 크지도 않은 그 집에서 깔깔대며 숨바꼭질을 했다. 숨을 장소는 뻔하다. 소파 뒤의 틈, 안방 장롱 안, 커튼 뒤. 그러다 더 이상 숨을 곳이 없으면 최후의 장소는 할머니의 긴 치마 안.

할머니는 매일 남색, 검정색처럼 어두운 색상의 긴 치마 서너 개를 번갈아가며 입었다. 윗도리도 서너 개를 매일 돌려가며 입었다. 자그마한 할머니의 치마는 늘 복숭아뼈 언저리에서 끝났다. 어린아이가 숨기에 적당한 곳이었다. 설거지를 하는 할머니의 치맛자락을 붙잡고 속닥댔다.

"할머니! 언니가 나 찾으면 절대 알려주지 마. 모른다고 해."

그리고 숨어 들어가는 할머니의 치마 속. 속바지를 입은 할머니의 다리에 찰싹 붙은 채 꽃무늬 몸뻬 바지를 사각사각 만지며 조용히 언니를 기다렸다. 할머니는 진드기 같은 나를 아랑곳하지 않고 달그락달그락 설거지를 계속하고, 언니는 요리조리 떠돌다가 마침내 콩콩 할머니 곁으로 달려온다.

"찾았다!"

키득대며 치마에서 나온 나의 눈에는 어김없이 부엌 창밖의 붉은 노을이 보였다. 주황색의 그 신비로운 빛은 내 마음을 차분하게 안정시켰다. 불안한 바깥 생활을 잘 버티고 비로소 우리 집에 왔다는 사실이, 한결같게 긴 치마를 입은 우리 할머니가 늘 이곳에 있다는 사실이 날 무척 평온하게 해주었다.

오늘 퇴근길에 바다 위의 노을을 보았다. 다른 날보다 유독 지친 나는 '오늘 저녁은 또 얼마나 아이들과 고된 시간을 보낼까' 걱정이 되었다. 걷다가 다시 뒤돌아 노을을 보고 또다시 걷다가 뒤돌아보기를 여러 번. 주황

빛과 다홍빛의 노을은 무척 아름다웠다.

불현듯 할머니의 치마 속에 폭삭 숨어서 낄낄대던 기억이 떠오르고, 부엌일로 바빴을 할머니는 어쩜 짜증 한 번 안 냈을까 신기하기만 하다. 우리에게 늘 한결같았던 할머니, 그리고 평화로운 노을이 지던 시간.

'할머니, 나도 오늘은 짜증 안 내고 아이들한테 웃어줄게. 할머니가 그랬던 것처럼.'

노을이 할머니인 양 나는 노을을 바라보며 속으로 다짐한다. 내 마음에도 울긋불긋 노을빛이 번졌다. 갑자기 나의 아이들이 보고 싶어져 발길을 서두른다.

「나의 언니 여진에게」

언니, 언니 말이 맞아. 나이를 한 살 한 살 먹어갈수록 마음의 여유를 찾기 어렵다는 말. 긴 연휴 동안 특별한 일 없이 보냈는데도 불구하고, 연휴가 끝나고 일상이 돌아온다는 사실 하나만으로 쉬이 잠이 오지 않아 밤새 뒤척였어.

어제 나는 집 근처에 새로 생긴 중고 서점에 가보았어. 헌책들의 꿉꿉한 냄새가 나를 차분하게 만드는 동시에 긴장되게 했지. 찬찬히 책들을 둘러보다가 역시 내 발길을 사로잡은 곳은 일본 소설 코너. 에쿠니 가오리에 빠져 그녀의 모든 책을 하나씩 사 모으던 우리의 지난 추억들이 떠오르더라. 에쿠니 가오리의 책을 골라 들었어.

자유롭고 싶어요.

구속받고 싶지 않아서?

구속하고 싶지 않아서.

상처 입을까 두려워 닫아두고 있으면

언제까지라도 상처 입은 그대로죠.

상처는 줄어들지 않아요.

줄어들지는 않아요.

상처는 감싸서 녹여버리는 것이 좋아요.

자유롭고 싶다는 구속으로부터 자유로워지는 겁니다.

사람은 자유로우면 불안해지니까요.

- 에쿠니 가오리, 《일곱 빛깔 사랑》 중

외롭고 고독한 심정을 담담하고 섬세하게 표현하는 그녀에게 감탄하며 나는 계산대에서 3,600원을 내고 나왔어. 고독, 자유, 관심, 무관심, 상처…… 그런 것들을 생각하다 보니 내가 찍었던 사진 한 장이 떠오르더라.

오스트리아 빈에서 찍은 피에로 사진. 그 사진을 볼 때마다 나는 피에로의 고독함이 보여. 복잡한 인파 속에 피에로 복장을 한 사람은 관심을 바라지만 아무도 눈길을 주지 않아. 하지만 그 곁을 지나는 일곱 살, 네 살 정도의 형제들은 피에로를 관심 있게 쳐다보고 있어. 그리고 아이들을 재촉하듯 빠르게 걷고 있는 무심한 아빠. 그 사진을 가만가만 들여다보고 있으면 피에로와 형제의 마음을 알 것 같아 조금 속상해져. 무심함이 일상이 되면 그것이 상처인지도 모른 채 하루하루가 지나가버려. 시간이 지나면 깨닫게 되지. 내 안에 켜켜이 상처가 쌓여 있구나.

내 상처를 미처 들여다보기도 전에, 내가 아이에게도 상처를 대물림하고 있을지도 모른다는 조언을 들었어. 나의 심리상담사로부터.

아이를 낳은 뒤 나의 세상은 아이를 중심으로 돌아가기 시작했어. 까탈스러운 아이의 육아는 어떻게 하는 것이 좋은지 늘 고민했지. 심리상담사가 내게 물었어.

"아이에게 좋은 엄마인 것 같으세요?"

"네. 저는 그렇게 생각해요. 유선염도 오고, 일하느라 모유 수유가 힘든 상황이었는데도 아이가 잘 동안 새벽에 알람까지 맞춰가며 늘 유축하느라 잠도 못 자고요. 일하고 밤에 들어와서 힘들어 쓰러질 것 같은데도 직접 이유식을 만들고 잤어요. 저는 최선을 다했어요. 제 주변 사람들도 참 열심히 한다고 그러는걸요. 내 몸이 아파도 안아달라고 하면 안아주고. 그런데 왜 아이는 이렇게 저만 보면 화를 잘

내고, 계속 붙어 있으라고 짜증내고 불안해하는 건지……
너무너무 저를 힘들게 해요."

상담사는 조금 안타깝다는 표정을 짓더니 이야기했어.

"그건 엄마 입장에서만 열심히 한 거죠. 그게 아이를 위한 것이 맞나요? 몸은 힘들지만 엄마 마음 편하기 위해 한 건 아니었을까요? 새벽에 유축하는 것, 힘든 상태로 이유식 만드는 것. 그런 것들을 아이가 원해서 하신 걸까요? 엄마가 원해서 한 거잖아요."

나는 망치로 뒤통수를 얻어맞은 기분이었어. 맞아. 아이는 그것들을 바란 적이 없어. 상황이 힘들면 단유를 하고 분유를 먹여도 됐는데, 내 마음이 불편했던 거야. 이유식을 만들 시간이 안 되면 사서 먹여도 되는데, 내 마음이 그걸 허용하지 못했던 거지.

진심을 다해 아이를 안아줘야 한다는 상담사의 말에 나는 날 변호하듯 이야기했어.

"하지만 이 정도로 하루 종일 안아달라는 아이를 어느 엄마가 늘 웃으면서 사랑을 담아 안아줄 수 있을까요. 저는 몸이 부서질 것같이 매 순간 힘들어요."

상담사가 내 눈을 지그시 바라보더니 말했어.

"양이 중요한 것이 아닙니다. 질이 중요해요. 다섯 번 모두 가짜 웃음을 지으며 안아주는 것보다, 한 번을 안더라도 진짜 웃음을 지으며 안아줘 보세요. 아무리 어린 아기라도 다 느낀답니다. 진심을."

나는 상담 시간 내내 나를 변호하느라 진땀이 났고, 나의 노고를 인정받지 못한 억울한 마음에 불만족스러운 기분이었어. 하지만 집에 와서 아이의 눈을 바라보니 상담사의 말에 수긍이 갔어. 나는 스스로 아이를 위해 희생한다며 힘든 것들을 모두 참아내려 하지만, 사실 아이가 바라는 것은 그런 것이 아니었겠구나…….

지친 얼굴로 마지못해 한숨을 쉬며 안아주었던 수많은 날들이 주마등처럼 스쳐가더라. 온통 육아에 대한 공부와 생각으로 보내던 시간……. 그것들이 아이가 바라는 관심은 아닐 거야. 열 번의 대충하는 위로보다 한 번의 진심어린 위로가 더 중요하다는 것을 뼈저리게 실감했지만, 나는 사실 아직 방법을 잘 몰라. 나의 상처를 들여다보면 더 좋은 방법을 찾게 되리라 희망을 가져보는 중이야. 무심한 것의 반대말은 관심이지만, 관심과 간섭은 종이 한 장 차이인지도 몰라.

언니, 날이 꽤 선선해. 빨래가 제법 산뜻하게 잘 마르는 것을 보니 이렇게 달리다 보면 금세 가을이 가버릴 것 같아 벌써부터 아쉬워. 이 가을이 가기 전에 내가 조금 더 행복한 엄마가 될 수 있겠지?

성장통은

성장기에만

찾아오는 것이

아니다

마음껏 외로워질 수 있는 시간

초록색 철장으로 된 초등학교 후문을 나서면 불량 식품을 파는 문방구들이 늘어서 있고, 그 옆 골목으로 들어서면 바로 오른쪽에 분식집이 있었다. 교실에서 몸을 배배 꼬며 종이 울리길 기다리던 아이들은 하교 시간만 되면 문방구와 분식집으로 부리나케 뛰어가곤 했다.

후문 밖의 세상은 내 호기심을 자극할 만한 것들로 가득 채워져 있었지만, 예상하듯 나는 그 찬란한 골목길을 마음 편히 구경할 수 없었다.

힐끗, 지나가면서 티 안 나게 훔쳐본 분식집의 떡볶

이는 퍽 황홀한 색이었다. 네모난 철판 위 얇은 밀떡은 오래 끓여 부드럽게 퍼져 있었다. 귤색 물감과 흰색 물감을 섞은 듯 탁한 파스텔톤 주황 빛깔은 영롱하기 짝이 없었다. 꿀꺽, 침을 삼키며 그 분식집을 지나가는 날에는 집에 도착할 때까지 머릿속에 온통 떡볶이 생각뿐이었다. 천진난만한 아이들은 그 시간만큼은 세상에서 가장 행복한 표정을 지으며 떡볶이를 베어 먹고 있었다. 간혹 아는 얼굴이 보이면 더 빠른 발걸음으로 그 앞을 지나가버렸다.

내게 후문 밖은 반짝반짝 빛나는 세상. 하지만 다가설 수 없는 먼 곳. '내가 밖에서도 마음껏 말을 하는 아이라면 얼마나 좋을까. 이 분식집을 언젠가 꼭 오고 말거야.' 이렇게 다짐하곤 했지만, 결국 그곳을 가지 못한 채, 초등학교를 졸업했다.

사실 내가 후문으로 나가는 일은 극히 드물었다. 동생과 나는 북적북적한 후문 대신 주로 정문을 택하는 편이었다. 운동장을 가로질러 플라타너스 나무와 철봉을 지나면 한적한 정문이 나온다. 아이들의 들뜬 목소리가 메아리치듯 울려 퍼지는 후문의 골목. 나는 그 문으로 나설 용기가 없어 언제나 무표정하게 정문으로 나갔다. 사람들을 마주치지 않아도 되는 길. 정문을 이용한 하굣길은 혼자라는 것이 어색하지 않았다.

드디어 마음 놓고 온전히 혼자가 되는 시간.

정문을 나서면 육교를 건너 이어지는 큰길에서 사람들을 구경하며 걷곤 했다. 지팡이를 짚으며 지나가는 할머니, 순식간에 버스를 타고 사라져버리는 다른 반 아이, 조금만 속도를 조절하면 거리를 벌릴 수 있는 같은 반 아이들이 시야에 보였다가 이내 사라지곤 했다.

아무도 내게 말을 걸지 않고, 다른 사람들도 나처럼 각자 조용히 제 갈 길을 가는 상황이 비교적 편안했다. 버스를 타지 않고 걸어가는 날이면, 중간에 몇 번을 뒤돌아보기도 했다. 혹시 동생이 보이진 않을까 싶은 마음에서였다. 아쉽게도 우리는 하굣길에서 자주 마주치진 않았다.

'수업이 비슷하게 끝났을 텐데 지금쯤 여주는 어디를 지나고 있을까?'

한참을 걷다가 혹시라도 동생이 보이면 반가운 마음이 잔뜩 들었지만 뛰어가지도 못했다. 뒤에서 누군가 나를 아는 사람이 보고 있을 것만 같았기 때문이다. 평범한 아이들처럼 뛰는 모습도, 자연스럽게 말하는 모습도 누군가에게 보이고 싶지 않았다. 그 당시의 나로서는 상상할 수 없는 일이었다. 그래도 교실에서 내내 느꼈던 소외감에서 해방된 채 자유로운 외로움만 느낄 수 있었으니, 그건 그런대로 나쁘지 않았다. 기다리던 시간, 마음껏 혼자 있을 수 있는 시간.

어린 시절의 나를 생각하면, 지금 그때의 나와 비슷한 일상을 살아가고 있을 아이들에게 마음이 쓰인다. 지금의 나는 밀가루 떡볶이가 먹고 싶을 때마다 마음껏 사 먹고, 어느 상황에서도 아는 사람을 마주치면 반갑게 인사할 수 있다. 물론 소란스러운 식당 안에서 홀로 고요히 혼밥을 즐기기도 한다. 이 지극히 평범한 일상이 사실은 얼마나 소중한 것이었는지 잊고 살 때가 있다. 이 고요한 평화로움을.

지금도 길을 걷다가 가방을 메고 홀로 걷고 있는 아이들을 볼 때면 종종 안쓰러움을 느끼기도 한다. 혹여 어떠한 이유에서건 마음 안으로, 안으로, 안으로만 들어가는 아이에게 토닥토닥, 위로와 격려를 보내고 싶다.

"선한 아이야, 곧 너는 너만의 그 작은 세상을 깨고 나올 수 있어. 그러니 두려워하지 마."

발

첫 조카가 갓 태어났을 때 말랑말랑하고 아담한 발이 어찌나 귀여웠는지 모른다. 그 발을 잡고 볼에 비비기도 하고 뽀뽀도 했다. 우리 엄마 아빠도 내가 태어났을 때 몇 번이고 그랬을 터다. 반면, 자식들은 부모의 발을 몇 번이나 만져볼까. 전래동화에 나오는 효자들은 부모의 발을 닦아주던데, 현실에서는 참 쉽지 않은 일이다. 나 역시 마찬가지였다.

아빠의 식도암은 빠른 속도로 진행되었고, 음식을 넘기지 못하는 일이 반복되자 아빠의 몸은 나날이 왜소

해져 갔다. 방사선 치료를 받는 시기에는 '피골이 상접하다'는 표현이 어떤 의미인지 실감이 났다. 말 그대로 살가죽과 뼈가 맞붙어 있었다. 한 걸음 한 걸음 위태로운 발걸음을 내딛는 그의 모습을 보고 있노라면 금방이라도 휘청거리며 넘어질 것 같아 불안해지곤 했다. 그런 아빠에게는 암 덩어리를 제거하는 수술만 받으면 모든 것들이 해결되리라는 밝은 믿음이 있었다. 아빠는 큰 벽걸이 달력의 8월 면을 북 찢어 방문에 붙여두었다. 2019년 8월 27일. 그 날짜에는 투박하고 빨간 동그라미가 그려져 있었다. 아빠는 자신의 생이 그날을 기점으로 다시 원상태로 돌아오게 될 것이라고 굳게 믿었다. 달력에 크게 엑스 표를 쳐가면서 하루하루를 버티던 아빠. 하루에도 침대에서 몇 번씩 달력을 확인하는 아빠를 보면서 마치 제대 날짜만 기다리는 군인 같다고 생각했다. 저 가녀린 몸으로 어떻게 그 큰 수술을 버텨낼까 싶을 정도로 걱정이 되었다.

군센 의지로 투병하던 아빠는 어느 날 조금은 밝아진 얼굴로 이야기했다.

"여진아, 아빠 그래도 1킬로 더 늘어서 46킬로 됐어."

엄마와 나는 박수를 치며 힘겹게 체중을 늘린 아빠를 칭찬했고 같이 웃었다.

아빠가 통증으로 하루에도 수없이 지옥을 오고 가던 시기였다. 아빠는 시도 때도 없이 등과 팔을 문질러달라며 가족들을 부르곤 했다. 그렇게 오빠와 나, 엄마는 시간을 쪼개가며 교대로 아빠 곁을 지켰다. 약을 먹고, 모로 누워도 점점 심해지는 통증을 도저히 어찌할 방도가 없을 때면 아빠는 하루에도 몇 번씩 나를 불렀다.

"여진아, 아빠 너무 아파. 등 좀 문질러줘. 둥그렇게 천천히, 엄마가 해주듯이."

나는 아빠의 등을 문지르다가 팔이 아파졌지만 가여운 그를 두고 방을 떠날 수가 없었다. 밤새 숙면을 취하지 못한 아빠가 깜빡 잠든 듯해 잠시 잠깐 손을 떼면 마치 '등 센서 달린 아기'처럼 화들짝 놀라 깨기를 반복했다.

"아빠, 마음속으로 암 덩어리를 그려보고, 그게 작아진다는 상상을 해보세요. 이걸 반복하는 이미지 트레이닝 기법으로 긍정의 회로를 돌려서 정말 암이 작아진 사람들이 있대요. 좋은 생각만 하세요. 우리 생각이 우리 몸을 바꾸기도 하니까요."

하루는 엄마와 함께 아빠에게 발 마사지를 해주기로 했다. 침대에 누운 아빠의 발은 울퉁불퉁 뼈마디가 불거져 있었다. 우리는 오일을 바른 손으로 그 발을 한쪽씩 잡았다. 내가 세상에 태어나 처음으로 아빠의 발을 만져본 날이었다. 나는 그의 홀쭉한 발바닥을, 딱딱한 발꿈치를, 가녀린 발가락을, 말라비틀어진 종아리를 차례로 마사지했다. 우리 모녀는 낮은 목소리로 도란도란 끊임없이 이야기했다. 지금 생각해보면 그때 내가 엄마와 무슨 이야기를 그렇게 나눴는지 모르겠다. 그저 단 일분일초라도 좋으니, 우리의 손길과 우리의 목소리가 그의 불안과 통증을 조금이나마 덜 수 있기를 바랄 뿐이었다.

아빠의 투병은 내가 한의사로서 새로운 삶을 살기 시작하던 시기와 겹쳤다. 서울과 부산을 오가던 나는 수술 날짜를 이틀 앞두고 입원한 아빠를 응원하기 위해 다시 서울로 올라갔다. 아빠는 감각이 무척 예민한 사람이었다. 응급 상황에서도 병원과 치료를 끔찍이 싫어해 안 가려고 버티기만 하는 아빠였다. 그런데 어쩐 일인지 그날따라 발목이 아프니 침을 맞겠단다. 나는 놀라, 정말 맞으실 의향이 있냐고 되물었다. 아빠는 큰 수술을 앞두고 나름의 경건한 준비를 하는 사람처럼 보였다. 환자복 아래로 삐죽 튀어나온 발은 여전히 앙상한 나뭇가지처럼 말라 있었다. 침을 놓으며 나는 아빠의 발을 두 번째로 만져보았다. 알코올 솜을 문지르며 뼈밖에 남지 않은 아빠의 발에 침을 놓을 공간을 찾지 못하고 얼마간 방황했다. 발목의 경혈점을 잡고 침을 놓자마자 아빠는 크게 움찔했다. 그 움찔거림에 마음이 약해져 제대로 침을 놓지도 못하고 표피만 뚫은 채 매우 얕게 자침했다. 아빠는 딸이 놔준 침을 처음으로 맞고 그날 밤부터 발이 편안해졌노라고 이야기했고, 다음 날 수술실로 들어갔다.

수술은 다행히 성공적으로 끝났다. 수술 후 봉합 부위가 쓰라리고 호흡이 힘든 상태였음에도 아빠는 자신이 유일하게 의지했던 생명의 끈을 붙잡았다고 믿었다. 그는 힘겹게 안도의 한숨을 쉬며 "모든 것은 끝났다. 이제 시작이다"라고 말했다. 아빠에게는 수술 이후에 찾아드는 통증은 수술 이전의 것과는 차원이 다른 통증이었다. 모두 회복을 위한 과정일 뿐이었다. 아빠는 잘 버텨주고 있었다.

작아진 그 몸으로 몇 달간의 고생스러운 과정을 꿋꿋하게 잘 이겨냈지만, 암은 결국 재발했다. 다시 항암 치료를 시작했고, 아빠는 쓰러졌다. 중환자실에서 관찰실로 이동했고, 임종을 맞을 준비를 해야 했다. 아빠는 돌아가시기 직전의 친할아버지와 무척 닮아 있었다. 가슴이 아렸다. 의식이 돌아오지 않는 아빠의 영혼이 불안해하는 것이 느껴졌다. 삶에 대한 집착을 버려야 하는 상황에서 돌이킬 수 없는 후회, 미안함, 분노 등의 부정적인 감정들로 아빠가 더 괴로워하지 않을까 걱정이 되었다.

"아빠, 많이 힘들죠. 좋은 생각만 하세요."

나는 투병 기간 동안 수없이 그랬던 것처럼, 손으로 끊임없이 아빠의 몸을 문질러주었다. 죽음을 앞둔 아빠의 몸이었다. 여러 개의 수액이 주렁주렁 연결되어 있는 팔을, 가느다란 눈물 줄기가 자꾸만 흘러내리고 있는 아빠의 눈꼬리를, 예전과 달리 너무나도 퉁퉁 부은 채 각목처럼 굳어져 가고 있는 발을. 차갑게 식고 있는 그 발은 내가 태어나서 세 번째이자 마지막으로 만지는 아빠의 발이었다.

여진

후회하게 될 줄 알면서도

아빠가 돌아가셨다.

아빠의 식도암은 뒤늦게 발견됐고, 진단을 받자마자 더욱 급격히 진행되었다. 아빠는 구강으로 하는 식사가 불가능해져 위와 연결한 관을 통해 영양액을 공급받았다. 그런 생활이 몇 달간 지속되었고, 수술만 하면 괜찮아질 거라는 믿음만이 아빠를 살게 했다. 방사선 치료를 받으며 수술 날짜를 기다리던 시기, 급기야 암 덩어리가 터져버려 폐렴으로 번지는 상황에도 아빠는 고집스러웠다.

"안 가. 응급실에서는 나를 짐짝 취급한다니까. 안 가도 된다."

미련할 정도로 응급실을 거부하다가 생명이 위급해지는 극한 상황이 되어서야 마지못해 수혈을 받곤 하던 아빠였다.

어린 시절, 아빠의 잔소리는 늘 일관성이 있었다.

"당당하고 자신감 있게! 딱 어깨를 펴고, 턱을 당기고! 여자도 당당해야지. 허벅지도 두껍게 키우고 말이야. 경찰 같은 것을 해도 좋지."

아이러니하게도 우리 삼남매는 자존감이 낮은 편이었고, 자기주장을 당당하게 펼치기보다 타인의 의견을 듣고 따르는 것이 마음 편했다. 감정선이 다이내믹하던 아빠의 영향이었을까. 지금도 우리 남매에게는, 자신의 언행으로 인해 상대방이 당황하거나 상처받지 않는 것이 중요하다. 상대를 생각하려던 배려와 친절은 결국 '착한 아이 콤플렉스'가 되어 나 자신이 더 상처받기도 했다. '조금은 더 내 중심으로 생각할 것.' 어른이 된 지금도 마음을 단단하게 하려 이런 다짐을 종종 되뇌곤 한다.

항상 아들딸들에게 "자신감 있게!"를 외치던, 그토록 강했던 아빠가 점점 어린아이가 되어갔다.

탁- 실리콘 뚜껑을 열어 배에 대롱대롱 달린 위루관으로 영양액을 넣는 시간. 마지못해 돌아오는 '식사' 시간이 되면 아빠는 유독 예민해졌다. 그 작업을 돕다가 한 방울이라도 옆으로 튀어 옷이나 침대 커버에 묻게 되면 종일 영양액 냄새가 진동했다. 며칠 지나지 않아 집에 들어서면 현관에서부터 그 냄새가 났다.

하루는 아빠가 순간적으로 눈을 흘기며 "왜 그것도 제대로 못하냐!"며 화를 냈다. 뚜껑을 열 때 튀어나온, 고작 한 방울의 영양액이었다. 오죽하면 화를 내실까, 머리로는 이해가 되었지만, 나도 나대로 힘든 나날들이었기에 며칠 내내 꾹꾹 눌러 참던 눈물이 터져버려 아빠 몰래 눈물을 훔쳐야 했다. 병상에 누워 있는 아빠를 돌보는 일은 참 힘들었다. 아빠는 자주 공황장애와 유사한 증상을 보이며 혼자 있는 잠시의 순간도 힘들어했다. 그야말로 곁에 종일 붙어 갓난아이를 돌보는 엄마처럼 아픈 아빠의 병상을 지키는 나날들이었다.

아빠는 늘 텔레비전을 틀어두는 습관이 있었다. 몇 개월 동안 입으로 식사를 넘기지 못하던 아빠는 채널을 돌리다 홈쇼핑 채널에서 맛깔스러운 음식이 나오면 넋 놓고 한참을 바라보았다. 아빠는 혀로 음식을 맛볼 수 있는 일상이 참으로 소중한 행복이었음을 매 순간 깨달았을 것이다. 화면을 한참 바라보던 아빠는 때로 입맛을 다시기도 했다. 기분이 좋을 때는 “저 삼계탕은 아까 그 삼계탕보다는 실하다”, “저 김치 한번 맛보고 싶다” 등의 말을 던지기도 했다. 그런 이야기를 듣는 것은 마음이 아프면서도 한편으로 기분 좋은 일이었다. 통증이 심한 날은 아빠가 텔레비전을 켜지도, 한마디 말조차 하지도 못했기 때문이다.

엄마, 나, 오빠는 돌아가며 아빠 옆을 지켰는데, 아빠가 곁에 있을 때는 누구도 식사를 제때 하지 못했다. 나중에는 우리 모두의 생활 패턴이 조금씩 어그러져버려 아빠가 방에 있는 동안 거실에서 밥 냄새를 풍기는 일도 어쩔 수 없이 발생했고, 그게 무척 미안했다. 아빠와 다 같이 먹던 식사가 언제였는지 까마득했다. 식당에서 가족끼리 식사하는 일상적인 장면을 마주치면 그게 그렇게 낯선 일처럼 다가왔다.

병원 입원실에서 아빠와 둘이 있던 날. 여느 날처럼

아빠는 리모컨을 꾹꾹 눌러가며 채널을 돌리더니 요리 프로그램에서 손가락이 멈췄다. 소재는 '그린빈 볶음'이었다. 프라이팬 위에서 볶아지고 있는 초록색 그린빈 콩깍지들. 평소 아빠가 즐겨 먹던 음식도 아니었고, 유달리 맛있어 보이던 음식도 아니었다.

"저거 먹고 싶다. 여진아, 아빠 수술하고 나면 저거 해줘라."

"그린빈 볶음이요? 당연하죠. 아빠 수술해서 얼른 낫기만 하세요."

나는 요리를 즐기는 딸도 아니었고, 아빠의 반찬을 살뜰하게 챙겨주던 딸도 아니었다. 그저 그 순간에도 아빠가 가여웠고, 회복에 대한 의지가 반가웠을 뿐이다. 아빠가 힘을 내서 잘 수술받고 음식을 입으로 먹을 수 있게 되면 그린빈 볶음을 한번 꼭 해드려야겠다고 생각하며 얼른 핸드폰으로 화면을 사진으로 찍어두었다.

아빠는 성공적으로 수술을 받고도 한동안 힘들어 했지만 그제야 조금씩 입으로 다시 음식을 드실 수 있게 되었다. 나는 부산으로 내려와 한의사로 일을 시작하고 적응해갔다. 서너 달이 지나자 아빠는 눈에 띌 만큼 회복이 진행되어 직접 부산으로 내려와 여주의 치과에서 치료를 받을 정도가 되었다. 다들 모인 김에 아빠 생신을 기념하여 모처럼 스튜디오에서 가족사진을 찍었다. 건강하던 시기에 비하면 아빠의 모습은 초라했을지 몰라도, 우리에게는 너무나도 뜻깊은 순간이었다. 아빠가 열차를 탈 수 있는 몸이 되었다는 사실 자체에 우리는 크게 감사했다. 피골이 상접했던 아빠의 볼에 약간의 윤기가 되살아나기 시작했다. 어린아이 같던 아빠가 차차 다시 힘을 찾았다.

기적 같던 회복의 시간은 너무도 짧았다. 임파선에서 빠른 속도로 재발한 암은 복막으로 퍼져 나갔다. 아빠는 다시 시작한 항암 치료로 형용할 수 없는 고통을 겪다가 까무룩 정신을 잃었다. 병원에서는 발열 때문에 코로나 예방 격리가 필요하다고 했다. 애석한 일이었다. 아빠는 뇌경색이었고, 그 격리 시간은 골든타임이 훌쩍 지날 정도로 긴 시간이었다. 아빠가 그렇게 가기 싫어하던 응급실에서 아빠를 마주했다. 쩍쩍 갈라지는 마른입을 벌리고 어깨를 들썩이며 간신히 가쁜 숨을 몰아쉬는 아빠의 모습이 너무 가여워, 아빠가 돌아가신 이후로도 매일 밤 그 모습이 떠올랐다. 그렇게 매일 밤, 가슴이 메어온다.

우리 집의 말썽쟁이 아빠가 떠났다. 부산 스튜디오에서 찍은 사진은 영정 사진으로 쓰였다. 수술한 자국을 가리느라 목에 스카프를 두르고 희미하게 미소 짓고 있는 아빠. 머릿속으로 몇 번 떠올리기만 했던 그린빈 볶음은 결국 해드릴 기회가 없었다. 아니, 기회는 충분했는지 모른다. 어쩌다 떠오를 때마다 매번 뒤로 미루기를 반복했으니. 아빠가 입으로 식사가 가능했던 반년이라는 시간이 있었는데……. 아빠는 그사이에 그린빈 볶음을 사 드시기라도 했을까. 그렇게 떠오르던 생각을 넘기던 나는 언젠가 후회하게 될 것을 미리 알았는지도 모른다. 나만 알고 있는 음식, 해드리지 못한 채 내 마음속에만 남아버린 초록색 그린빈 볶음.

나는 이제 그린빈 볶음을 마주할 때마다 아빠가 떠오를 것이다. 불효녀가 된 죄책감과 허전함이 뒤섞여 짭조름한 맛이 같이 느껴질 것이다. 가여운 우리 아빠. 그린빈 볶음을 생각하면 그렇게 한스럽고 속이 상해, 나는 자꾸만 눈물이 난다.

여진

나의 바이올린

아빠는 예술가 기질이 다분했다. 우리 어린 시절, 아빠는 이따금 새로운 악기를 가지고 들어왔다. 클라리넷, 오카리나, 색소폰 등 관악기가 대부분이었다. 끈기 있게 한 가지 악기를 다루기보다는 여러 가지 악기를 맛보는 식이었다. 하지만 유독 색소폰만은 자주 연주했는데, 아빠의 예술적 감성이 충만한 날에는 연주 시간이 그만큼 더 길어졌다. 시험 기간에는 그 소리가 거슬려 어서 연주가 끝나기만을 기다리기도 했다. 처음 만지는 악기를 누구의 도움도 없이 독학만으로 한 시간 만에 파악한 뒤 자유자재로 연주하는 아빠는 그야말로 음악 신동 같았다.

여주와 나는 초등학생이 되면서 피아노 학원에 다녔다. 피아노 학원에서도 우리는 말을 하지 않는 태도를 고수했다. 하지만 우리만 알 수 있는 비밀 신호를 만들어 선생님들 몰래 잠시 만나 웃음을 나누고 헤어지곤 했다. 그 신호는 〈고양이 춤〉이라는 왈츠였다. 함께 학원에 있는 시간에 한 명이 이 곡을 연주하면 그걸 들은 상대는 연주한 사람의 방에 몰래 찾아오기로 약속했다. 답답한 현실에서 자매 단둘이 즐기던 비밀스러운 놀이였다.

"따라동 땅땅- 따라동 땅땅- 따라동땅- 동땅- 동땅땅-"

검은색 건반만 눌러대며 이 곡을 연주하고 있으면 어느새 여주가 내 연습실 문을 몰래 열고 들어와 장난을 치고 돌아갔다. 가끔 나란히 옆방으로 배정이 되면 연습 중간에 벽을 노크해서 자신의 존재를 알렸고 그걸 들은 상대도 노크로 되받아치곤 했다. 나는 연습이 지루해 견딜 수 없을 즈음이면 으레 다시 〈고양이 춤〉을 연주했고, 여주가 이 곡을 못 들으면 눈치를 보다가 더 큰 소리로 한 번 더 연주하곤 했다.

그런데 언제부터인가 연습에 몰두하던 여주가 자신의 피아노 연주 소리에 집중하면서 이 소리를 놓치기 시작했다. 초등학생 3학년이 되도록 나는 체르니 30번에 머물러 있었고, 여주는 이미 체르니 40번으로 들어갔다. 그즈음부터 내 고양이 왈츠곡은 허공을 맴돌다가 사라지기 일쑤였고, 피아노 시간이 너무 지루하고 재미없어 대충 연습 시간만 때우곤 했다. 초등학생 4학년이 되면서 나는 엄마한테 바이올린을 배우겠다고 선언했다. 피아노를 그만두겠다고 말하면 되었을 텐데 말이다. "바이올린을 원하면 이야기하라"고 지나가듯 말하던 엄마의 말을 피아노를 그만두기 위한 핑계로 삼은 것이다. 악기 연주는 당연히 꼭 해야만 하는 취미라고 생각한 데에는 분명 아빠의 영향이 있었을 것이다.

그리하여 우리 집 피아노 담당은 여주가 되었다. 나는 바이올린을 연주하는 것이 그리 즐겁지만은 않았는데도 어째서인지 중학생이 될 때까지 바이올린을 놓지 못했다. 아빠가 가끔 피아노 앞에 앉아 우리를 불렀다.

"아빠 연주하는 것 잘 봐."

피아노 앞에 앉아 자세를 잡으면 아빠만의 즉흥적인 재즈 연주가 시작되었다. 악보도 악상도 필요 없이,

투박한 손가락을 피아노 건반 위에 맡길 뿐이었다. 짧게 튕기는 스타카토부터 반 박자로 엇갈리는 리듬까지 온갖 기교들이 살아 있었다. 늘 악보만 보고 연습하던 그 당시의 우리로서는 아빠의 연주곡들이 '재즈' 장르라는 것을 알지 못했고, 자신감에 가득 찬 아빠의 손놀림은 봐도 봐도 신기하기만 했다. 아빠의 연주곡들을 지금 다시 떠올려도 참 감탄스럽다. 피아노를 정식으로 배운 사람도 아닌데, 즉흥곡을 연주하는 감각은 아마추어 연주가라 해도 손색이 없었다. 아빠의 자유로운 영혼이 순간의 음악 향연으로 펼쳐졌다 사라지는 재즈곡 안에 녹아들어 있었다.

"자, 이제 아빠는 일하러 갈게. 여진이가 바이올린, 여주가 피아노. 둘이 이중주를 늘 연습하란 말이야. 오빠도 플루트 들고 오라고 해서 삼중주 연습도 하고. 항상 같이 합주 연습을 하라구. 응?"

"네!"

일단은 그러겠노라고 대답을 하던 우리였다. 다행인지 몰라도 아빠는 그런 숙제를 내주고 검사하는 분은 아니었다. 우리는 각자 나가고 있던 진도를 빼기 위해 개인 연습을 할 뿐이었다. 생각해보면 아빠야말로 음악을 순수하게 즐길 줄 아는 사람이었다. 정해진 악보를 보고 단순하게 반복 연습하는 것이 아니라, 음악으로 순간의 자유로움을 만끽하고 자신을 표현하는 방식을 보여주었다. 아마도 우리에게 여러 악기가 어우러져 하나의 곡에 또 다른 색을 입히는 방식 역시 알려주고 싶었을 것이다. 아빠는 다양한 악기 연주를 자유자재로 시도했지만, 본인 뜻대로 연주하기가 어려웠던 건지 유독 바이올린은 몇 번 만진 적이 없었다.

아빠의 장례를 모두 치른 후 허전한 마음으로 집에 돌아온 날이었다. 여주가 아빠와 비밀로 하기로 한 이야기를 이제야 고백한다며 입을 열었다.

“2년 전 아빠 생신 앞두고 받고 싶은 선물이 무어냐고 물어봤을 때, 아빠가 중고 바이올린을 가지고 싶다고 했었잖아. 기억 나?”

그랬다. 그 당시 의외의 대답에 우리는 별일이라며 웃었었다. 사업에 실패하고 인생의 여유를 잃은 후, 20여 년간 악기와는 먼 생활을 한 아빠였다. 그때 엄마의 의견을 참고해서 나는 말했다.

“나 대학생 때 다시 배워보려고 샀던 바이올린 있잖아. 그거 네가 사드리는 척하고 보내드려. 아빠 분명 끽

끽 소리 내보다가 금방 그만두실걸. 보관 중인 악기가 있는데 굳이 새로 사기는 아깝지."

먼지가 켜켜이 쌓인 내 옛 바이올린이 생각나 그렇게 제안했다. 대학생 시절에 새로 산 그 바이올린은 내 인생 세 번째 바이올린이었다. 연습용이 아닌 연주용 바이올린이었음에도 유독 그 바이올린은 튜닝 작업을 할 때마다 내 속을 답답하게 만들었다. 줄을 감는 부분을 미세하게 조절하려 해도 빽빽해 마음처럼 되지 않았고 그러다 '툭' 하고 줄이 끊어져버리기 일쑤였다. 나는 내 맘대로 조절이 안 되는 악기 핑계를 대며 다시 연주해보겠다는 다짐을 접었다. 악기는 애물단지가 되었고, 그렇게 15년 정도가 지났다. 나와 엄마는 동생에게 그 바이올린을 찾아 먼지를 털고 하얀 거짓말로 포장해 선물로 보내드리자고 말을 맞추었다.

그 이후로 아빠로부터 바이올린에 대한 이야기는 더 이상 듣지 못했다. 투병으로 고생하느라 악기를 연주하는 일 따위는 불가능한 현실이기도 했다. 암의 위치 때문에 왼쪽 턱과 어깨 사이에 악기를 고정하는 자세조차도 힘들었을 것이다. 더군다나 아빠의 금방 끓어올랐다가 바로 식는 냄비 같은 열정이 마무리되었겠거니 생각했다.

나는 몰랐는데, 그 당시 아빠는 바이올린을 받은 후 여주에게 잘 받았노라고 고맙다는 연락을 했다고 한다. 그리고 아빠 특유의 허세 섞인 들뜬 목소리로 아이처럼 말했다고 한다.

"어이구, 바이올린 명품이네. 연습 열심히 해서, 언니 결혼식 때 아빠가 한 곡 멋들어지게 연주해주려고!"

철렁. 가슴이 무너졌다. 여주는 그것이 나름 아빠의 서프라이즈 선물인 것 같아 그동안 나에게 말하지 않고 숨겨왔다고 한다. 나는 그 말을 전해 듣자마자 아무 말도 못하고 꺼이꺼이 울어버렸다. 종종 아직 결혼할 상대를 찾지 못한 나를 걱정했던 아빠였다. 아빠는 내 결혼을 이렇게나 기다렸는데 몇 년간 비어 있던 내 옆자리가 무색하다. 나조차 정을 못 붙인 옛 바이올린을 대충 보내버리는 무심함이라니. 큰 후회감이 물밀듯이 밀려왔다. 내 결혼식을 끝내 보지 못하고 돌아가시더라도, 끽끽거리다가 포기하시더라도, 좋은 악기로 사드릴걸. 튜닝을 하다가 줄이 끊어져버려 속상했을 아빠를 상상하니, 오랫동안 가슴이 아렸다.

여진

•

쌈짓돈

한의원에서는 다양한 연령대의 환자분들을 마주하게 된다. 간혹 노인 환자 분들을 마주할 때면 할머니가 생각나 더 마음을 쏟게 된다.

"원장님, 매일 아프다는 말만 해서 미안해요."

어딘가 아파서 오는 곳이 한의원일진대, 치료해드리는 나에게 도리어 사과를 한다. 그런 모습을 보면 또 할머니가 생각나고야 만다. 할머니는 우리에게 늘 수호천사 같은 분이셨기에. 할머니는 사람들을 돕는 것을 좋아하셨다. 나병 환자가 팔던 국화빵을 사주거나, 음식들을 포장해 노숙자에게 가져다주기도 했다. 할머니가 하루도 거르지 않고 두 손 모아 열심히 올리던 그 기도 속에는 참 많은 이들을 위한 마음이 담겨 있었다.

중학생 시절, 할머니가 돌아가시면 어쩌나 하는 생각에 눈물이 난다는 동생의 이야기를 듣고 적잖게 놀랐다.

"야, 그걸 미리 걱정하고 슬퍼한다고? 그런 생각을 왜 미리 해?"

그런데 정작 성인이 되자 그 걱정은 나에게도 일상이 되었다. 할머니의 머리카락은 이미 새하얘졌고 치매기가 찾아와 자꾸 깜빡깜빡한다고 했다. 그때 나는 세상을 둘로 나눈다면, 할머니가 있는 세상과 할머니가 없는 세상이라고 생각했다.

할머니가 치매와 온갖 잔병치레, 늑골 골절 등으로 입원과 퇴원을 반복할 때 즈음, 나는 30대의 뒤늦은 나이에 한의학을 공부하기 시작했다. 하필 등하굣길에는 큰 대학병원의 장례식장이 있었다. 늘 마음의 준비를 해야 할지도 모른다는 생각으로 매일 할머니를 생각하며 그 건물을 지나쳤다. 상복을 입은 사람들이 허탈한 표정으로 쪼그려 앉아 있는 날도, 길고양이 두 마리만이 조용히 햇빛 아래에서 광합성을 하는 날에도, 그 앞을 지날 때마다 언제나 나는 할머니를 생각했다.

너무나도 할머니가 걱정되는 날에는, 그리움에 사무쳐 전화를 걸어 안부를 묻고는 했다.

"응. 여진이니? 그래, 밥은 먹었어?"

할머니는 늘 밥은 먹었냐는 질문으로 대화를 시작했고, 대화의 중간에도 확실하게 밥은 먹었는지를 재차 되물었다. 할머니는 내가 회사를 그만두고 힘든 공부를 시작한 것이 퍽 안쓰러우셨던 모양이다. 왜 뒤늦게 다시 공부를 시작하는지, 어째서 늦은 밤에 또 시험공부를 한다며 학교를 가는 중인지, 왜 든든하게 기댈 신랑감 고르는 일에 열중하지 않는지, 어째서 혼자 고생스레 타지 생활을 하고 있는지…….

"할머니, 한의사 알지? 아픈 사람들 침놓아주고 한약 지어주고 하는 한의사 말이야. 나 한의학 공부하고 있는 거야. 내가 열심히 잘 배워서 할머니 건강하시라고 한약 달여 드릴게."

나는 그 말을 하면서도 내가 공부를 마칠 때까지 할머니가 기다려주실 수 있을까 생각하며 마음이 아파오곤 했다. 그리고 통화를 마무리할 때 할머니는 이미 몇 번이나 확인한 밥 이야기를 다시 꺼내는 것이었다.

"그래, 밥은 먹은 거야? 밥 거르지 말고 잘 챙겨 먹어. 문 꼭 잠그고 자고. 행복하게 잘 살아야 한다."

할머니는 언제부터인가 다시는 못 볼 수도 있는 사람처럼 통화를 마무리하고는 했다. 그러면 울컥거리는 걸 간신히 참던 나는 마지막 한마디에 다시 눈물이 터져 나올 것 같아 침을 꿀꺽 삼키고는, 떨리는 목소리로 대답을 했다.

"할머니도. 밥 잘 챙겨 먹고, 아프지 말고. 방학 때 서울 가면 할머니네 집에 놀러 갈게."

오랜만에 할머니를 뵈러 가는 길은 늘 기쁜 마음보다 두려운 마음이 더 컸다. 할머니의 머리는 얼마나 더 새하얘졌을까. 자그마한 체구는 얼마나 더 쪼그라들어 있을까. 몇 십 년 동안 입는 초록색 외투의 보풀은 얼마나 더 많아졌을까. 허름한 할머니 집에는 늘 동생과 함께 찾아가고는 했는데, 동생이 결혼하고 지방에 살게 되면서 불가피하게 나 혼자 찾아뵙는 일이 많아졌다. 난 오롯이 혼자 할머니를 마주할 그 순간이 더욱 두려웠다. 나는 마음 아픈 순간을 대면하기 직전의 사람이 되어, 할머니

집 문을 열기 전에는 먼저 크게 심호흡을 하곤 했다. 고독 속에서 혼자 지내며 늙어가는 할머니를 마주하기 위해 문을 여는 데는 언제나 큰 용기가 필요했다.

헤어질 때면 늘 용돈을 드리던 내가, 공부를 위해 일을 그만둔 후 그러지 못하는 것을 어느 날부터인가 할머니가 눈치채버렸다. 할머니는 주머니에서 쌈짓돈을 꺼냈다. 꼬깃꼬깃 구겨진 오천 원짜리 한 장과 만 원짜리 한 장. 내 손에 기어코 그 쌈짓돈을 쥐어주려는 할머니와 한사코 안 받으려는 나의 실랑이.

"네가 이걸 받아야 할머니 마음이 편한 거야."

나는 또 그 말을 듣고 울컥, 그 꼬깃거리는 할머니의 쌈짓돈을 마지못해 받아든다. 그러고는 할머니가 다른 데 눈을 돌리는 찰나, 그 돈을 다시 옷걸이에 걸린 할머니의 초록색 외투 주머니 속으로 쏙 넣었다. 할머니의 자그마해진 등을 끌어안으며 아프지 마시라고 인사를 하고 나오는 길이면, 외로움이라는 상자 안에 할머니를 혼자 두고 나오는 것 같아 속상한 마음이 되곤 했다.

사랑하는 천사 할머니는 결국 내가 한의사가 되는 걸 보지 못하고 세상을 떠났다. 내가 자라며 봐온 할머니의 무르익은 사랑은 많은 사람을 향한 이타심이었다. 할머니를 생각하면 나도 베풀며 살아가야겠다고 다짐하게 된다. 지금도 할머니는 천국에서 우리를 내려다보고 있을 것이다. "우리 강아지들" 하며 그 작은 눈으로 미소 짓고 계실 것이다. 그토록 따뜻한 사랑으로 가득했던 할머니의 보살핌은 어린 시절의 성장통을 이겨낼 수 있는 가장 큰 힘이 되어주었다. 돌아보니 우리는 참 복이 많았다.

여진

•

새로운 꿈, 치유

언제부터인가 크고 느린 동물들에 대한 애정이 생겼다. 마음이 급해지거나 허둥댈 때의 나 자신이 본받아야 할 모습처럼 느껴져서일까. 한편으로는 그 온순하고 선량한 생명체들이 왜인지 안쓰럽게 느껴질 때도 있다. 그런 마음은 스무 살, 여주와 둘이 태국에서 코끼리 등에 올라탔던 그 순간부터 시작됐는지도 모른다.

대학생 시절 장학금과 과외 알바비를 모아 둘이 떠난 첫 해외여행이었다. 패키지 상품에 포함되어 마지못해 체험한 코끼리 타기. 우리 두 사람이 올라탄 코끼리는 커다랗지만 늠름하기보다는 우리가 보살펴야 할 존재로 보였다. 상처 많은 코끼리의 귀, 쭈글쭈글 깊은 주름이 가득한 코끼리의 등, 한 발자국씩 느리게 걷다가 어미 코끼리를 보고 우는 소리를 내던 코끼리의 입.

등에 올라탈 때는 혹시나 떨어지면 어쩌나 두려웠고, 올라타서는 우리가 무거우면 어쩌나 죄책감이 들었다. 내릴 때는 그 짧은 순간 정이 든 것처럼 애달팠다. 그 커다란 코끼리에게 잔뜩 안쓰러운 마음이 들어 안아주고 싶었다. 그 후 나는 한참 동안 코끼리에 대해 생각했다. 우리가 보호해줘야 할 느리고 거대한 동물. 이제는 동물보호단체의 노력으로 야생 코끼리 보호법이 제정되는 등, 코끼리를 학대하기보다는 지켜주고 돌봐주는 다양한 프로그램들이 개발되고 있다는 다행스러운 소식을 종종 접하기도 한다.

천천히 묵묵히, 어쩌면 지금 나는 코끼리처럼 남들과 다른 속도로 세상을 살아가는 일에 어느덧 익숙해졌는지도 모른다. 30대 초반, 갑자기 '한의사'라는 새로운 꿈에 가슴이 두근거렸다. 그 시절 나는 몸이 아파 꾸준히 한의원을 다니며 치료를 받던 때였다. 누군가의 인생에서 가장 중요한 것은 그 사람의 맘과 몸의 건강이라는 생각이 나의 가치관을 메우고 있었다. 우연히 대체 의학 관련된 책들을 취미 삼아 읽던 시기였다. 침에 찔리면 물풍선에 구멍이 난 것처럼 눈물이 자꾸만 흘러나오기도 했었다. 왜 그토록 서럽던지. 한의학적 치료의 효과를 몸소 경험하고 희망을 느끼면서, 누군가의 건강 회복을 돕는 한의사가 되어야겠다고 다짐했다. 30년 인생을 살며 단 한 번도 생각지 못한 꿈이었다.

그때까지의 전공도 경력도 경험도 다 내려놓고 새로운 일에 도전하기 위해서는 많은 기회비용을 지불해야 했다. 안정적인 직장, 내 소속을 증명할 수 있는 명함, 매월 25일이 되면 꼬박꼬박 들어오는 월급, 연애 기회와 적절한 결혼 시기 등을 포기해야 했다. 그리고 무엇보다 이 모든 것을 감내하고 시작한 도전이 결국 실패로 끝날 수도 있다는 가능성이 그 자리를 메우고 있었다.

그래도 해야 했다. 몇 번을 다시 생각해봐도 내 안에서 꿈이 너무 커져 버려 덮어둘 수 없는 크기가 되어 있었다. MEET(Medical Education Eligibility Test, 의학교육입문검사) 시험을 치르고 한의학전문대학원을 들어가면 4년 만에 한의학 석사 취득이 가능했다. 하지만 뼛속까지 문과 출신으로 신문방송학과 사회학을 전공했던 나로서는 MEET 시험을 준비하는 것부터 단단한 각오가 필요했다. 유기화학, 화학, 물리, 생물. 네 과목 중 그 어떤 과목도 나에게 익숙한 과목은 없었다. 나는 모든 과목의 오리엔테이션을 듣는 것부터 큰 에너지가 필요했다. 원자와 분자의 mole(몰)이라는 단위를 이해하는 데부터 한참 걸렸다. 어떤 입자의 구성 요소가 $6.02214076X10^{23}$개나 존재한다니. 게다가 우리 몸속의 DNA, RNA가 스스로 복제와 수선을 한다고? 공부를 할수록 내가 모르고 있던 또 다른 세상의 문이 열리면서 도대체 나는 어디까지 눈을 감고 살아온 것인가 충격을 받기도 했다.

난이도가 꽤 높기로 유명한 MEET 시험은 그동안 해왔던 공부와는 너무 달랐다. 모든 인간관계를 차단한 채 공부에 몰두해도 내 모의고사 성적은 도무지 오를 기미가 보이지 않았다. 조바심이 났다. 좌절감은 수시로 찾아왔고, 철저하게 혼자 모든 것을 감내해야 하는 매일이 불안했다. 수험생들은 대부분 청춘기인 대학 4학년 학생들이었고, 나와 같은 30대 또래를 찾기가 힘들었다. 빨리 끝나버렸으면 좋겠다고 생각하면서도, 준비가 생각만큼 쉽지 않으니 시간만 왜 이리 부질없이 흘러가는지 조급해지기도 했다. 시간은 누구에게나 공평했다. 내가 한숨을 쉬고 있는 순간에도 성실하게 일분일초가 흘러가고 있었다.

그렇게 1년이 흘러 시험 날이 다가왔다. 성적을 보고 울었던 이유는 안도의 눈물이 아니라 1년간 고생한 것이 물거품이 될 수도 있는 현실을 깨닫고 터져 나온 불안의 눈물이었다. 이런 애매한 성적이라니. 나는 우울한 암흑기를 끝내고 싶었고 재도전할 자신이 없었다. 때문에 면접을 보고 합격자 발표가 날 때까지 피 말리는 시간들이 계속되었다.

감사하게도 결과는 합격이었다. 나는 그 후로 입학을 해서 4년이라는 시간 동안 꽉 차게 한의학을 공부했다. 이것 역시 그동안 해왔던 공부와는 전혀 다른 학문이었다. 문과와 이과의 경계를 넘나들며, 사람들의 몸과 마음을 이해하는 의학은 어려우면서도 재미있었다.

지금 나는 한의원에서 많은 사람들을 마주한다. 그들은, 아니 우리는 살아가면서 마음이 아프고 몸이 아프다. 침을 놓을 때 잔뜩 긴장하는 환자들, 불면증에 괴로운 환자들, 공황장애로 가슴이 시도 때도 없이 두근거리는 환자들, 우울증으로 자살 기도한 흔적이 있는 환자들,

이유를 알 수 없는 건선으로 매일 밤 고생하는 환자들, 산후 관절통에 시달려 육아하다가 울어버리는 환자들…… 그들 모두가 나이고, 또 나의 가족들이다.

침을 놓고, 한약을 처방하는 내게 "선생님, 저 이제 조금씩 나아지고 있어요"라는 말을 들을 때면 형용할 수 없는 기쁨과 보람이 마음속 가득 차오른다. 용기를 내어 따라와주는 환자들에게, 그리고 한의사가 되어야겠다고 용기를 내어준 나 자신에게 고맙다. 오늘도 우리는 같이, 서로를 치유한다. 나 역시 그렇게 치유되고 있다.

「 나의 동생 여주에게 」

여주야, 오늘 동네 커피숍에서 카페라테 한잔을 마시고 있는데 '커피소년'의 노래가 흘러나왔어. 동시에 우리 오빠를 떠올렸지. 8년 전 이맘때, 나는 퇴사 후 시험 준비에 본격적으로 돌입했잖아. 몇 개월간 엄마랑 오빠와 함께 생활하기로 결정하고 본가로 이삿짐을 챙겨 들어갔지. 우리가 한 집에서 생활하는 것은 고등학생 이후로 처음이었기에, 각자 가지고 있던 생활 패턴을 지켜주며 일상을 살아가는 일들에는 늘 에너지가 쓰이곤 했어.

가족들 입장에서는 한껏 예민해져 있던 수험생에게 폐를 끼치지 않으려고 배려하느라 힘들었을 테고, 나는 나대로 수험생으로서의 생활이 숨이 막혔지. 불확실한 미래에 대한 불안감과 염려스러운 마음이 늘 따라다녔어. 이런 마음들은 내 의지와 상관없이 우리 가족들에게도 전달되었을 테지. 나는 그것이 또 미안해져 고단한 이 과정이 어서 잘 마무리되기만을 더욱 바라곤 했어. 오빠는 도서관만 오가는 나를 묵묵하게 지켜보고 있다가, 내가 누군가와의 대화가 유독 필요한 날이면 나의 말 상대가 되어주곤 했어.

"이렇게 월급도 끊기고, 사람들과의 연락도 끊기고, 젊은 대학생들 사이에서 혼자 책만 보고 있는데 성적은 안 오르고……. 휴, 지금 하는 공부가 시간 허비한 것으로 끝나면 정말 너무 우울해질 것 같아."

"힘든 일이지. 결과가 어떻게 되든 일단 해보는 거지."

과묵하고 말수가 적은 오빠지만, 오빠는 내 마음을 충분히 공감해주었어. 그렇게 몇 개월이 지나고 시험을 치른 날, 펑펑 울던 내 옆에 있어준 것도 역시 오빠였어. 그로부터 며칠 후, 오빠는 시험이 끝난 기념으로 싱어송라이터 커피소년의 콘서트에 나를 데려가주었지. 유독 추운 겨울날이었어. 한숨을 크게 쉬면 하얀 입김이 내 눈앞으로 뿜어져 나왔다가 공기 속으로 흩어져버리곤 했지. 부단히 노력한 결과가 물거품이 되어버리면 어쩐담. 1차 시험 결과 발표를 앞두고 있었기에 여전히 불안한 마음이 가득이어서 나도 모르게 한숨이 자꾸만 새어 나왔어. 하지만 너무 오랜만에 보러 가는 공연이었기에 그 자체로 감격스러워서 시험 끝난 후의 후련함을 일단 즐기기로 결심했지.

"안녕하세요. 제 동생이에요."

"아, 여찬 씨 동생이에요? 반가워요."

세상에, 내가 이 가수와 직접 대화를 하다니. 오빠는 커피소년과 서로 알고 있을 정도로 열렬한 팬이었기에 커피소년에게 나를 직접 소개시켜주었고, 나는 조금 부끄러운 미소를 띠며 인사했어. 우리는 정해진 좌석에 나란히 앉아 오프닝을 기다렸어. 우리 오빠가 그토록 좋아하는 커피소년이라는 가수는 대체 어떤 노래를 부르는 사람일까.

드디어 커피소년이 무대에 올랐어. 눈을 감고 피아노를 치며 앵두 같은 입술로 온 마음을 다해 부르는 노래들을 몇 곡 듣다가 나는 그만 눈물이 나버렸어. 한없이 작고 초라한 나지만 그런 나를 사랑하자고, 나는 네 편이 되어주겠노라고, 행복해지자고 주문을 외우는 노래 가사들을 들으면서 왜 오빠가 커피소년의 노래들을 사랑하게 되었는지를 알게 되었지. 그리고 왜 오빠가 나를 그곳으로 데려가주었는지를. 그동안 오빠를 토닥토닥 위로해주던 노래들을 들으면서 나는 진정으로 따뜻하게 위로받고 있었어. 오빠만의 방식으로.

> 거북이 느린 걸음으로 발버둥 치며 걷는 나에게
> 아무도 나를 보지 않아도
> 내 마음 지키는 나를 향한 노래
> 나를 사랑하자 나를 사랑하자
> 어제처럼 미련한 나를 사랑하자
> 구석진 방 홀로 있는 나를 사랑하자 나를 사랑하자
> 나를 사랑하자 나를 사랑하자
> 여전히 아름다운 나를 사랑하자
> 눈물로 보석을 삼은 나를 사랑하자 나를 사랑하자
>
> - 커피소년, 〈나를 사랑하자〉 중

감동적인 콘서트가 끝나고 나왔을 때 나는 조금 가벼운 마음이 되어 있었어. 시험 결과가 어떻게 나오든 일단은 아무것도 생각하지 말고 그동안 고생했던 나 자신을 달래주기로 했지. 그런 마음으로 크게 심호흡을 하자 아까보다는 조금은 더 투명한 입김이 입 밖으로 나와 가볍게 흩어졌어. 오빠랑 나는 집에 가는 길, 출출해진 배를 달래려 노량

진역 앞에 있는 떡볶이집에 들어갔어. '엽기 떡볶이'라는 이름답게 한 입씩 베어 물 때마다 맵싸한 땡초맛에 눈물이 찔끔 고일 정도였어. 쫄깃쫄깃. 쓰담쓰담. 따뜻한 위로가 한 스푼 들어간 달달한 매운맛. 오빠와 먹던 그 떡볶이는 꼬박 1년간 공부하며 혼자 먹었던 밥에 비하면 무척 맛있었어. 자두맛 쿨피스를 벌컥벌컥 마시던 내가 말했지.

"흡-흡- 너무 매운데 맛있긴 맛있다. 오빠가 왜 커피소년을 좋아하는지 이제 알 것 같아. 가사가 참 우리에게 필요한 내용이더라. 게다가 미소년이었네. 헤헤."

"응. 나는 저렇게 노래로 자신의 마음을 잘 표현할 수 있는 재능 있는 사람들이 부럽더라."

커피소년과 떡볶이. 오빠가 나를 격려해주고 위로해주던 그날의 따스한 기억. 앞으로도 나 자신이 작고 미련하게 느껴지는 날이면, 소중한 추억 상자 속 그 기억을 몇 번이고 꺼내어볼 거야. 여주야, 너에게도 간혹 찾아올 흐린 나날들에 다정한 응원을 꺼내볼 수 있도록 커피소년의 노래 한 조각을 보내줄게.

다시 찾아온 이 절망에 나는 또 쓰려져 혼자 남아 있네.
내가 니 편이 되어줄게. 괜찮다 말해줄게.

다 잘될 거라고. 넌 빛날 거라고.

넌 나에게 소중하다고.

모두 끝난 것 같은 날에 내 목소릴 기억해.

괜찮아. 다 잘될 거야.

넌 나에게 가장 소중한 사람.

– 커피소년, 〈내가 니 편이 되어줄게〉 중

•

눈 위의 삼남매

엄마, 눈이야. 우와, 이거 봐.

신정을 맞이하여 친정에 가는 중이었다. 누가 부산 사람 아니랄까 봐, 거의 녹아서 흔적만 겨우 남아 있는 눈을 보고도 아들, 딸이 흥분하며 소리쳤다. 그도 그럴 것이 세 살배기 딸에게는 이 눈이 생애 첫 눈이다. 아이들은 눈이 녹은 후 다시 얼어붙은 한 평 남짓한 작은 얼음 위에서 스케이트 타는 시늉을 한다. 제지하려 했더니 때는 이미 늦었다. 어느새 꽈당 넘어지고는 함박웃음을 짓고 있다. 눈을 보고 신난 마음에 아이들은 아픔도 느낄 새 없다. 부산 살면서 아쉬운 점 하나가 바로 눈을 자주 만날 수 없다는 사실이다. 눈을 보면 떠오르는 부드럽고 포근한 추억들이 내 가슴속에 다정하게 자리 잡고 있기에.

초등학교가 끝나면 종종 버스를 타고 집에 왔는데, 우리가 내리는 버스정류장 근처에는 커다란 옷가게가 있었다. 그 옷가게는 특별한 이벤트처럼 매년 겨울이 되면 입구에 거치대를 설치하고 다양한 크리스마스카드를 팔았다. 아기 손바닥보다 더 작은 미니 카드부터 화려한 입체 카드, 푸시push 버튼을 누르면 캐럴이 나오는 고급 멜로디 카드까지. 우리 세 남매는 1년에 한 번씩 크리스마스 시즌이 돌아오면 어김없이 그곳으로 가 카드를 몇 개씩 사곤 했다. 나에게는 친구가 없던 시절이라 카드 쓸 사람은 가족들뿐이었음에도, 그곳에 가면 사고 싶은 카드가 너무 많아 시간 가는 줄 몰랐다.

"카드 사러 가자!" 오빠가 얘기하면 나랑 언니는 "와!" 함성을 지르고는 쪼르르 현관으로 달려가서 신발을 신었다. 모두가 신발을 신고 나면 오빠는 한 손으로 내 손을 잡고, 다른 손으로는 언니 손을 잡았다. 흰 눈을 뽀드득뽀드득 밟으며 오르막길을 쭉 걷다가 왼쪽으로 꺾어 조금 더 가면 바로 그 옷가게가 나왔다. 그곳에서 흘러나오는 캐럴 소리가 들리고 반짝이는 전구가 얼핏 보이기 시작하면 가슴이 콩닥거렸다. 5학년 사춘기가 시작되면서 예의 청소년 남매들처럼 우리 쌍둥이와 오빠와의 관계 또한 은근히 서먹해졌다. 그럼에도 불구하고, 12월 중 하루는 셋이 손을 잡고 그곳에 카드를 사러 갔다. 나는 카드를 사러 가는 일 그 자체보다, 오빠와 손을 잡고 우리만의 아지트로 가고 있다는 것이 무척 특별하게 느껴졌다. 이것저것 꼼꼼히 구경하고 정성껏 고른 카드를 넉 장 사서 집으로 돌아오는 길이면 가슴이 풍족했다. 그것들을 고이 보관하다가 크리스마스이브가 되면 설레는 맘으로 아빠, 엄마, 오빠, 언니에게 볼펜으로 꾹꾹 눌러 카드를 썼다.

눈이 유독 많이 오는 날은, 카드를 사온 뒤 우리 집 옥상에 올라가 눈사람을 만들고 눈싸움을 했다. 옷이 축축하게 젖어오고, 콧물이 주르륵 흐르고, 손끝이 떨어질 듯 아파와도 상관없었다. 오빠와 언니의 빨개진 코를 보면서 나는 카드에 그려진 루돌프의 빨간 코를 생각했다. 눈사람을 만들고 나면 다음 날, 다다음 날 옥상에 다시 올라가 눈사람이 안녕한지 확인하곤 했다. 녹아가는 눈

사람을 보며 또 다음 눈을 기다렸다. 크리스마스가 다가오면 제발 올해는 화이트크리스마스가 되게 해주세요, 하고 기도를 했다. 부모님의 다투는 소리, 술 취한 아빠가 깨뜨려버린 커다란 괘종시계, 할머니의 빈자리 등등 우리 마음속에서 출렁이는 아픈 장면들을 눈은 소리 없이 덮어주었다. 우리는 겨울을 온전하게 즐겼다.

중학생이 된 어느 날, 엄마는 갑자기 이사를 가야 한다고 했다. 늘 주택에서만 살아 아파트에 살아보는 것이 소원이었지만 집안 사정이 좋지 않게 흘러간다는 사실쯤은 이미 우리도 알 수 있었다. 더 이상 오빠와 손을 잡고 옷가게에 갈 수 없다는 것, 옥상에서 뛰어놀며 눈놀이를 할 수 없다는 것을 깨닫자 왠지 눈과 이별한 기분이 되었다. 아파트 단지에도 매년 눈은 쌓였지만 그 눈은 내게 같은 눈이 아니었다. 그러나 눈과 함께 한 우리 남매의 기억만큼은 여전히 내 안에서 뜨끈하게 날 데워주었다.

조카들을 태운 썰매를 낑낑 끌어주는 지금의 오빠를 보며, 동생들의 손을 잡고 오르막길을 열심히 걸어 올라가던 어린 오빠의 모습을 떠올린다. 작은 동생들이 행여나 넘어질세라 "이쪽은 밟지 마, 이리 와"라고 다정하게 속삭이며 온 신경을 썼던 아홉 살 소년. 그때 그 소년이 지금의 내 아들과 같은 나이라고 생각하니 그의 뒷모습이 얼마나 가녀린지, 한편으로는 얼마나 든든한지. 만감이 교차하는 기분이 된다. 어느 쓸쓸하고 추운 날, 아궁이에 불을 때듯 이 정다운 기억이 오빠와 언니의 가슴 속에서도 평온하게 피어오르길. 눈과 함께 한 작은 추억들이 있었기에 그 시절 우리는 충분히 아름다웠다는 것을 종종 떠올려주길.

여주

•

두 사람이 울던 약국

외할아버지는 군수였다. 어린 시절 엄마가 살던 집은 그 마을에서 유일하게 텔레비전이 있는 집이었다. 명절이 되면 곳간에는 과일과 곡식들이 그득했다. 챙겨야 할 자식들이 아홉 명이었음에도 모두 부족한 것 없이 잘 자랐다. 그렇게 자란 엄마가 약대에서 만난, 가진 것 하나 없는 아빠와 결혼한다고 했을 때 외할머니와 외할아버지는 반대했다. 똑똑하다고 믿었던 딸내미가 제 스스로 힘든 길을 택한 것을 보고, 속이 터진 외할아버지는 결혼 선물로 단돈 50만 원을 엄마에게 던져주었다. 장롱과 그릇을 사니 50만 원은 눈 깜짝할 사이에 없어졌다.

엄마 나이 스물네 살, 나의 오빠가 태어나자마자 삼칠일 만에 아빠는 광명에 단칸방이 딸린 작은 약국을 차려놓고 엄마에게 운영을 맡겼다. 아빠는 다른 지역에서 관리 약사로 근무를 하던 시절이었다. 빈털터리로 시작한 부부에게는 당장 월세 낼 돈도 빠듯했다. 신혼집이 전세라고 했던 아빠의 말에 속은 엄마는 기가 찼지만, 화를 낼 시간조차 없었다. 일단 분유와 기저귀 값이 급했다. 엄마는 손님들에게 약을 팔다가, 손님이 없으면 약국 구석의 작은 방 안으로 들어가 아이에게 젖을 먹이고 재웠다. 아이를 재워놓고 다시 방에서 나와 약을 팔고 있으면 어느새 아이가 일어나 숨이 넘어가게 울었다. 마음은 급한데 꼭 이럴 때는 손님들이 시도 때도 없이 들어왔다. 자꾸 사라지는 엄마 때문에 불안한 아이, 아이가 울 때마다 달려갈 수 없어 난감한 엄마. 약국은 그렇게 종일 두 사람이 버텨내야 할 공간이었다.

어느 날 대전에 살던 외할아버지와 외할머니가 약국을 찾아왔다. 손주가 태어났고, 약국도 시작했다고 하니 딸 얼굴을 한번 보러 온 것이다. 여느 때처럼 아기의 우는 소리가 울려 퍼지는 와중에, 엄마는 손님들에게 약을 팔고 있었다. 할아버지는 전쟁터 같은 약국에 들어서자마자 화가 난 얼굴로 말했다.

"나 그냥 갈란다."

할아버지는 할머니에게 빨리 나오라고 재촉했다. 결국 두 사람은 엄마의 눈앞에서 금세 사라졌다. 엄마는 망연자실하게 서 있다가 이내 서러워서 통곡을 했다. 아무리 화가 났기로서니 남처럼 매정하게 뒤돌아서는 아버지의 모습에 서운함이 복받쳤다. 남편에 대한 원망과 결혼에 대한 후회가 가슴 한구석이 아리도록 떠밀려왔다. 그날의 기억은 수십 년이 지난 지금도 선명했다. 그 자그마한 약국을 꽉 채운, 아이와 엄마의 울음소리는 얼마나 오래 이어졌을까.

그래도 시간은 가고 계절이 바뀌었다. 겨울에는 단칸방 구석의 연탄아궁이에 불을 땠다. 하얀 연탄재가 쌓이는 동안 아빠의 돈 욕심은 커져만 갔다. 욕심은 동전의 양면처럼 좋은 면과 나쁜 면을 모두 갖고 있었다. 집안일, 육아, 엄마의 마음은 그의 안중에 없었다. 아빠가 '자수성가' 하는 동안 엄마는 잡초처럼 단단해져갔다. 버거운 삶을 버티려면 그래야만 했다.

둘이 열심히 번 돈으로 아빠는 3층짜리 주택을 하나 지었다. 그 시절에 대한 이야기를 할 때면 엄마의 목소리는 반짝 편안해졌다.

"그래도 너희 아빠가 그 집 지을 때, 중풍 걸려 못 걷는 외할아버지를 들춰 업고 한 바퀴 돌면서 집터를 보여드렸지. 그때 할아버지 얼굴을 보니 희미하게 웃는 것 같더라. 이제 마음이 좀 놓이니 죽어도 되겠다, 그런 얼굴이었어."

엄마의 희생과 아빠의 열망으로 만들어진 빨간 벽돌 주택에는 오빠, 언니, 나의 유년 시절이 고스란히 담기게 될 참이었다.

내 기억 속의 외할아버지는 팔다리를 자유로이 못 쓰시고 소파에 누워 계시던 모습뿐이다. 외할아버지가 굵고 나지막한 목소리로 웅얼거리면 나는 도저히 무슨 얘기를 하는지 모르겠는데, 외할머니는 옆에서 용케 다 알아듣고 대꾸를 하는 것이 신기하기도, 조금 무섭기도 했다. 빨간 벽돌집에서의 어느 날, 엄마는 우리에게 외할아버지가 하늘나라에 가셨다며, 우리를 시터 할머니에게 맡기고 며칠 대전에 다녀왔다. 그날 엄마가 할머니와 나누던 대화가 내 머릿속에 선명하게 남아 있다. 외할아버지 장례를 치르고 드디어 집에 돌아온 엄마가 고단한 얼굴로 부엌에서 그릇을 달그락거리며 밥을 차리는데, 그 옆에서 부엌일을 하던 할머니가 얘기했다.

"고생만 하느니 지금 잘 가셨지, 뭐. 그랴, 잘 가셨어."

엄마가 대꾸했다.

"그러니까 말이에요. 그래도 편안히 가신 거니까 잘 됐죠."

엄마와 할머니는 마치 날씨 얘기를 하듯 평온하게 이야기했다. 나는 여섯 살 어린 나이였지만 그 대화가 무척 이상하게 느껴졌다. 누군가 죽어서 하늘나라에 가는 일은 안 좋은 줄로만 알았는데, 어른들은 외할아버지가 잘 가셨다고 하다니. 슬퍼할 일인지, 다행이라고 안심할 일인지 조금 헷갈렸다. 30여 년이 흐르고, 그때의 엄마처럼 나도 우리 아빠를 하늘로 떠나보낸 지금이 되어서야 그 대화가 마음으로 와닿아 종종 생각이 난다.

내가 아이들을 낳아 키우면서 나의 어린 시절을 많이 떠올렸듯이, 엄마는 나와 손주들을 보며 과거를 자주 떠올렸다. 당신의 어린 시절이 아닌, 결혼하자마자 아이를 낳고 고군분투하던 시절의 모습을 말이다. 내가 아이들을 키우느라 힘들어할 때마다 엄마는 이야기한다. "나는 빨리 늙어도 좋으니 손주들아 내 딸 그만 힘들게 빨리 커라"라고 했던 외할머니의 말이 생각난다고. 그렇게 과거를 회상할 때면 이내 엄마는 그날 약국에서 본 외할아버지의 화가 난 얼굴과 뒤돌아서는 장면이 생생하게 떠올라 마음이 아파진다.

어쩌면 외할아버지는 엄마가 조금이라도 편하게 사는 모습을 보기 위해 6년 동안 앓으면서도 기다리셨던 것이 아닐까. 이제 부모가 된 나는 알 수 있다. 매섭게 돌아서던 외할아버지의 모습을 잊지 못한 사람도, 쓰라린 마음으로 울던 사람도 비단 엄마뿐만이 아니었을 거라는 사실을. 그 누구보다 외할아버지 자신이 그렇게 냉정히 돌아선 것을 후회했으리라. 딸이 보이지 않는 곳에서 울음을 삼켰을 것이다. 나는 마흔이 가까워진 나이가 되어서야 그 이야기를 떠올리면, 그때의 외할아버지와 엄마의 마음이 읽혀져 눈시울이 붉어지고 만다.

동그라미 그리려다

'엄마는 혼자가 되는 일이었다. 혼자 밥 먹고 혼자 설거지하고 혼자 말하고 울고 웃고.'

나는 그만 울어버렸다. 아들의 유치원 숙제로 '아이에게 나의 인생 책 소개해주기'를 하는 중이었다. 고수리 작가의 《우리는 이렇게 사랑하고야 만다》의 한 구절을 읽어주다가, 나의 목소리가 떨리더니 이내 목이 메었다. 목소리 대신 눈물과 콧물이 쏟아져 나왔다.

"엄마, 울어? 어? 엄마 진짜 우네."

아이는 신기하다는 듯이 내 얼굴을 빤히 쳐다보더

니, 빨리 나머지 글을 읽어달라고 졸랐다.

"응, 엄마는 진짜 이 글만 읽으면 눈물이 난다."

나는 떨리는 목소리를 가다듬고 마저 그 글을 읽어줬다. 그러고는 한동안 우리 엄마 생각에 빠졌다.

스물여섯, 어린 나이에 덜컥 세 아이의 엄마가 되어버린 여자. 둘만 낳으려 했는데 네가 따라 생길 줄 누가 알았겠니,라며 엄마는 웃었다. 그 시절에는 지금처럼 초음파 진단이 발달됐던 때가 아니라 배가 남산처럼 부르고 나서야, 의사는 배 속에 심장 소리가 하나가 아니고 둘이라는 것을 알게 되었다고 했다. 아침부터 밤까지 약국에서 일하느라 육아에 전념할 수 없던 엄마지만, 우리 셋의 아침 식사와 도시락을 빠뜨린 적이 없었다. 먼 타지에서 그 어린 나이에 세 아이의 엄마 노릇을 하는 일은 얼마나 힘들었을까. 얼마나 외로웠을까. 내가 초등학생 때는 엄마 약국 안 장판 위에서 삼남매가 쪼그려 앉아 텔레비전을 보기도 하고, 종종 숙제를 하기도 했는데 특히 기억에 남는 것은 저녁 시간이었다. 종일 혼자 일해야 하는 엄마는 따로 식사 시간이 없었고 손님들이 뜸한 시간에 대충 끼니를 때웠다. 우리가 특히 좋아하는 메뉴는 컵라면이었다. 컵라면이라는 단어를 제대로 모르고 늘 "엄마 콩라면 먹을래"라고 말했는데, 엄마가 '콩라면'을 허락해주는 날은 그렇게 좋을 수가 없었다. 허락을 받으면 후다닥 슈퍼로 뛰어가서 육개장 사발면을 사왔다. 엄마가 끓여놓은 물을 붓고 기다리는 시간이 얼마나 행복했던지.

그때의 난 자그마한 약국에 컵라면 냄새가 진동해 난감했을 엄마의 마음은 알 리 없는 철부지였다. 지금은 같은 컵라면을 먹어도 그때의 '콩라면' 맛이 안 난다. 그러고 보면 추억의 맛이란 참 신기하다. 특별한 날에는 간혹 탕수육을 시켜 먹었다. 엄마는 약국 조제실 구석에 큰 박카스 상자 두 개를 붙여놓고, 그 위에 신문지를 깔았다. 정사각형의 식탁이 뚝딱 만들어졌다. 우리 남매 셋은 종이 상자로 만들어진 식탁 둘레에 쪼그려 앉아 탕수육 접시에 소스를 부어놓고 호호 불어가며 먹었다. 엄마가 조제실에서 톡톡 알약을 챙기고, 막자사발에 약을 콩콩 찧는 뒷모습을 보면서. 탕수육을 먹는 것은 좋았지만 조제실이 작고 어두워서였는지, 다른 손님들 모르게 조용히 밥을 먹어야 해서 그랬는지, 나는 그 시간이 마냥 편하지는 않았다.

엄마가 조제한 약을 가지고 손님이 있는 곳으로 다시 나가면 언제 다시 이곳으로 돌아올지 기다려졌다. 엄마는 진득하게 앉아 밥을 먹을 틈이 없었다. 한동안 데스크에서 손님들을 상대하다가 다시 약을 조제하러 들어오거나, 손님이 없는 틈에 탕수육을 한입 베어 먹으러 왔다. 그렇게 엄마가 잠시라도 우리 곁에 오면 마음이 조금 편안해졌다. 엄마는 제대로 된 식사를 못했고, 결국은 늘 우리가 남긴 흐물흐물하고 차가워진 탕수육을 겨우 조금 먹었다. 엄마를 생각하면 집에서의 모습보다는 약국에서의 모습이 훨씬 많이 떠오르는데, 그럼에도 내 기억 속 엄마와의 가장 좋은 추억은 집에서의 어느 날이었다.

엄마는 집에 들어와서도 보통 밥만 먹고 다시 일하러 나가곤 했다. 그런데 그날은 웬일인지 늦은 점심 식사를 하고는 방에서 언니, 나와 셋이 한참을 있다가 나갔다. 해가 뉘엿뉘엿 지고 있던 시간이었다. 어스름한 방 안에서 엄마는 우리에게 노래를 가르쳐주었다.

"동그라미 그리려다 무심코 그린 얼굴. 내 마음 따라 피어나던 하얀 그때 꿈을. 풀잎에 연 이슬처럼 빛나던 눈동자. 동그랗게 동그랗게 맴돌다 가는 얼굴."

우리는 한 소절씩 그 노래를 따라 불렀다. 윤연선의 〈얼굴〉. 30년 정도 지난 일일 텐데 나는 어쩐지 지금도 그 노래가 자주 떠오른다. 그 노래를 부르는 엄마의 목소리도.

방은 점점 어두워졌지만 엄마는 불을 켜지 않았다. 우리가 그 노래를 외울 때까지 몇 번이고 또다시 반복해 불러주었다. 그 노래를 다 외웠을 때는 방 안에 한밤처럼 깊은 어둠이 깔려 있었지만 하나도 무섭지 않았다. 엄마는 어둠을 툭툭 털어내고 다시 자신의 일터로 나갔다. 무척 오래된 일인데도 살짝 서늘해진 그 저녁 시간의 공기가 아직도 생생하다. 공기는 쌀쌀했지만 마음은 따뜻했던 그날의 기억.

엄마는 누구를 떠올리며 그 노래를 불렀을까. 엄마의 하얀 꿈은 무엇이었을까. 엄마는 꽤 자주 고독하고 외로운 기분으로 그 노래를 불렀을 것이다. 얼마 전 엄마와 대화를 하다가 그때 그 시절의 이야기가 나왔다. 엄마는 스물여섯이라는 나이에 세 아이의 엄마가 된 것을 후회하고 있었다.

"은근히 나이 들수록 후회가 되더라. 내 청춘이 없었던 것도, 철없을 때 아이들을 키운 것도. 조금 나이 들어 키웠다면 좀 더 정성껏 잘 키웠을 것 같기도 하고. 사실 어떻게 살아도 그렇겠지만…… 아쉬운 게 많지.”

우리는 지금도 서로에게 살갑게 감정 표현을 잘하는 모녀는 아니지만 그 시절 지금의 나보다 훨씬 어렸을 엄마를 생각하면 조금 안쓰러워져 안아주고만 싶어진다. 청춘. 새싹이 파랗게 돋아나는 봄철이라는 뜻. 가장 예쁘고 발랄했어야 할 나이에 전전긍긍 달리기만 했던 엄마. 엄마가 우리에게 노래를 가르쳐주었던 그날, 다시 일터로 향해야만 했던 엄마의 쓸쓸한 마음이 평소보다는 조금 사그라졌기를 바란다. 내가 그 기억을 떠올리면 달콤한 꿈을 꾼 듯 기분이 아련하게 좋아지는 것처럼, 엄마에게도 자식들과의 추억이 힘들었던 청춘의 기억 안에서 반짝 빛나길.

여주

•

나의 계춘할망

얼마 전 영화 〈계춘할망〉을 봤다. 영화를 보는 내내 꾸역꾸역 밀려오는 할머니 생각에 가슴이 먹먹해져서 눈물이 하염없이 흘렀다. 하루 종일 약국을 지켜야 했던 엄마가 아이 셋을 모두 돌보기란 불가능했다. 엄마는 비좁은 약국에 장판을 깔아놓고 보행기에 오빠를 태운 채 일했다. 시터 할머니에게는 집안일과 쌍둥이 육아를 부탁했다. 할머니는 피 한 방울 섞이지 않은 우리를 자신이 낳은 핏덩어리마냥 애지중지 키우셨다.

나는 아직도 겨울이 되면 할머니의 손이 떠오른다.

할머니는 까칠한 양손으로 우리의 고사리손을 하나씩 움켜잡고, 자신의 낡아빠진 초록색 외투 주머니 속에 쏙 집어넣고는 함께 시장에 갔다. 시장으로 가는 길에 종종 나병 걸린 아주머니가 팔고 있는 국화빵을 한 봉지 사주었다. 할머니가 그 국화빵 트럭을 반가워했던 이유는 우리에게 국화빵을 먹이고 싶어서라기보다, 나병 아주머니를 돕고 싶은 마음이 더 먼저였음을 어린 나도 알 수 있었다. 팥고물이 까맣게 비치는 국화빵이 가득 담긴 종이봉투를 받아들면, 그 냄새만으로도 이미 나는 행복감에 빠져들었다.

나는 세상에서 할머니가 제일 좋았다. 할머니가 없는 세상은 상상조차 할 수 없었다. 중학생 사춘기가 되어서는 할머니가 갑자기 돌아가시면 어쩌지 하는 생각이 내 머릿속을 떠나지 않았다. 그런 걱정이 시작되면 마음이 한없이 우울해져서 학교 가는 길에도 무턱대고 눈물이 흘렀다. 우리 집에서 중학교까지 가는 길은 무척이나 멀고 오르막길이 많았다. 그 시절은 제법 보통의 다른 아이들처럼 재잘대면서 친구를 사귀던 시기였는데도, 사춘기였던 우리 세 남매는 그 먼 길을 말도 없이 조금 떨어져서 각자 골똘하게 무언가 생각하며 학교로 향했다. 학교까지 조용히 걷는 긴 시간 동안 나는 할머니 생각을 참 많이 했던 것 같다.

그런데 내 머리가 조금 크고 나서 깨달은 것이 하나 있다. 나는 할머니를 세상에서 최고로 좋아했지만, 마음 한편으로는 할머니를 조금 부끄러워하기도 했다는 것이다. 유치원 시절부터 할머니는 견학, 운동회와 같은 특별한 행사에 엄마를 대신해 거의 항상 같이 가주었다. 나는 늘 말이 없고 사람들 눈도 잘 못 쳐다보는 작은 아이였는데, 할머니는 그런 나를 더 작게 만들었다. 엄마가 행사에 같이 가지 못할 바에야 그냥 혼자 가는 편이 나았다. 지금도 빛바랜 앨범 속 사진을 보면, 그 어린 시절의 감정만큼은 선명하게 떠오른다.

할머니는 운동회에서 역시 까칠한 양손으로 나와 언니의 손을 하나씩 붙잡고 달리기를 했다. 아마 뛰어가서 실에 걸려 있는 양파맛 과자를 따먹고 다시 돌아오는 게임이었을 것이다.

"우두두두두……."

할머니는 달릴 때 늘 입으로 그런 소리를 냈다. 우리는 판박이처럼 똑같이 얼어붙은 얼굴로 떼어지지 않는 발걸음을 재촉했다. 빠르게 뛰고 싶었지만 발이 잘 떨어지지 않았다. 남들 눈에는 우리가 마치 할머니에게 끌려가는 것처럼 보였을 것이다. 차라리 그 게임이 혼자 하는 단거리 달리기였다면 나는 무표정일지언정 1등으로 달릴 수 있었을 텐데. 할머니 손을 잡고 달리는 것은 너무 버거운 일이었다. 내 몸은 뛰는 동안 점점 굳어가는 것 같았다. 체육대회가 어서 끝나기만을 바라고 또 바랐다. 그러고는 집에 오면 우리는 다시 개구쟁이들이 되어 부엌에서 일하는 할머니의 치맛자락을 붙잡고 "할머니, 나 할머니 치마 속에 들어갈래. 언니가 나 찾으면 없다고 해"라고 킥킥대며 할머니 다리를 감싸 안았다.

우리 집 일을 그만둘 때쯤 할머니는 금귤나무 화분을 집으로 배달시켰다. "이게 뭐냐면, 낑깡나무야. 잘 키우면서 할머니 생각해라"라고 떨리는 목소리로 말씀하셨다. 처음에는 금귤나무에 열심히 물을 주었다. 때가 되자 그 나무에는 성실하게 열매들이 열리기는 했지만 쓰고 맛이 없었다. 게다가 시간이 지나니 자꾸만 하얀 곰팡이가 눈송이처럼 내려앉아서 건드리기가 싫었다. 간혹 할머니가 우리를 보러 집으로 오실 때도 있었는데, 그때마다 그 곰팡이를 휴지로 닦아주고 가셨다. 그 '낑깡나무'의 존재가 잊힐 즈음, 고등학교와 대학교 생활을 하면서 할머니를 찾아뵙는 간격도, 연락하는 간격도 점점 벌어졌다. 할머니한테 전화 한번 하는 것은 늘 밀린 숙제처럼 마음을 묵직하게 만들었다. 할머니는 우리가 서른 살이 넘었을 때에도 "우리 애기들", "우리 강아지들"이라고 불렀다.

할머니가 더 편찮으시기 전에 한 번이라도 더 찾아뵈어야 하는데, 라는 생각으로 빈이를 데리고 서울로 올라가 할머니에게 삼계탕 한 그릇 사드린 것이 내가 할머니께 해드린 마지막 선물이 되어버렸다. 그때 할머니는 "우리 애기가 애기를 낳았다"며 흐뭇하게 빈이를 쓰다듬었다.

청소년기부터 할머니가 돌아가실 일을 생각하면서 흘린 눈물의 양을 헤아리면 양동이가 한가득 찰 정도인데, 정작 할머니가 중환자실에 의식 없이 누워 계신 걸 보니 현실감이 들지 않았다. 병원에서는 오늘을 넘기기 어렵다고 했다. 나는 차가운 할머니의 손을 쓰다듬으면서도 눈물이 나오지 않았다. 언니가 할머니를 보며 애기했다. "할머니, 쌍둥이 왔어. 할머니 걱정하지 말고 마음 편한 곳으로 가세요." 언니는 눈물을 닦으며 몇 번이나 떠나야 하는 할머니를 안심시켰다. 그러더니 이렇게 말했다. "여주야, 할머니 눈 봐. 눈물이 나와. 할머니는 내 말이 들리나 봐." 할머니의 감은 두 눈에 눈물이 고였다. 언니의 목소리에 그제야 할머니와의 이별이 현실이구나, 느껴져 나도 꺼이꺼이 울었다.

영화 〈계춘할망〉에 이런 대사가 나온다.

"세상살이가 힘들고 지쳐도 온전한 내 편 하나만 있으면 살아지는 게 인생이라. 내가 네 편 해줄 테니 너는 너 원대로 살라."

우리는 이제 안다. 남들 앞에서 말도 제대로 못하는 숙맥 같은 아이들이었지만, 그래도 이렇게 바르고 떳떳하게 자랄 수 있었던 건 온전히 우리 편이었던 할머니의 사랑 덕분이라는 것을. 늘 손을 뻗으면 닿는 곳에 있었던 할머니의 까슬까슬한 손등, 보드라운 치맛자락 덕분이었다는 것을.

여주

•

문신 아이

주말에 외출을 하고 돌아왔더니 빨래가 산더미처럼 쌓였다. 매일 열심히 세탁기를 돌리는 것 같은데, 네 식구의 빨래는 늘 눈 깜짝할 사이에 불어난다. 얼룩이 어디에 묻었었더라, 흔적도 없이 깨끗하게 빨아진 옷들을 보면 작은 성취감을 느낀다. 덜거덕덜거덕. 오늘도 세탁기 돌아가는 소리를 들으며 어제 아이들이 묻힌 초콜릿 얼룩과, 내가 흘린 커피 자국이 사라지길 바란다.

아픈 과거와 잊고 싶은 나의 모습도 세탁기에 풍덩 넣어 흔적을 없애면 얼마나 좋을까, 생각한다. 이제 나의 겉모습을 언뜻 보면 과거의 흔적이 없다. 성인이 된 후 오랜만에 만난 주변 어른과 친지들은 나와 대화를 하다가도 문득 한마디씩 건넨다.

"근데 너희 쌍둥이 언제 이렇게 말을 잘하게 됐니? 어릴 때는 그렇게 입을 꾹 다물고 있더니만. 어휴, 너희들 어릴 때 얼마나 답답하게 말을 안 했는지."

딱히 할 말을 못 찾은 나는 그저 방긋 웃는다. 이제 남들 앞에서도 얼굴 근육이 내 의지대로 자연스럽게 움직인다. 편한 사람들과 있으면 수다쟁이가 된다.

그러나 내 안에 그때의 어린아이는 여전히 늘 함께한다. 내 몸의 일부가 된 것이다. 남들에게는 보이지 않는 내 마음속 문신처럼. 어린아이는 퍽 자주 나에게 자기가 여기 있다며 존재를 알린다. 외롭거나 억울하거나 서러울 때뿐만이 아니다. 특히 낯선 상황에서 내가 어른스럽게 굴 때면 그 아이는 내 안에서 어른이 된 나를 경이롭게 바라본다. 처음 보는 택시 기사님과 대화를 이어갈 때, 낯선 그룹 안에서 나를 소개할 때, 인터넷으로 산 물건이 불량이라고 고객 센터에 전화할 때조차. 나는 아이의 존재를 항상 느끼지만 인식만 할 뿐 그저 지나쳤다. 안쓰럽고 딱하지만 이제 와서 사라지지도 않는 그때를 뭐 어떻게 하겠어, 하며. 나는 안도하는 마음으로 이토록 달라진 내 모습을 스스로 대견해하며 그 아이에게 내 변화를 보여주기만 했다. 봐, 나는 이제 이렇게 낯선 사람과도 자연스럽게 말을 할 수 있다고. 얼마나 다행이야.

그렇게 지내고 있었는데 오늘 느닷없이, 내면의 나를 찬찬히 들여다보게 되었다. 나는 원했던 직업을 갖게 되었고, 원했던 가족을 이루었고, 성격도 이 정도면 모나지 않고 괜찮은 것 같은데 왜 아직도 스스로에게 만족하지 못할까? 사춘기 시절부터 줄곧 이어져온 나의 고민이었다.

'나는 왜 나 자신을 사랑할 수가 없지? 왜 나는 항상 모자란 것 같지?'

도통 무엇이 문제인지 모르겠다. 자존감이 낮다는 사실이 창피하고 부끄럽게 느껴졌다. 밖에서는 낮은 자존감을 숨기려고 밝은 표정을 한 가면을 쓴 채 생활하지만, 집에 돌아오면 그 가면을 벗는다. 가면을 벗은 나는 한숨을 쉬고, 짜증을 내고, 스스로를 책망한다. 더 좋은 치과의사, 더 좋은 아내, 더 좋은 엄마의 모습을 보여주지 못했다며 후회를 한다. 하루 일과를 다 보내고 나면 내면의 에너지는 이미 고갈 상태다. 사회적 가면을 쓰고 유지하는 데 이미 내 에너지를 다 썼기 때문이다.

윙-윙-. 내 안에서 벌어지는 이런 갈등을 아는지 모르는지 세탁기가 열심히 헹굼 모드로 돌아간다. 이런 생각조차 말끔히 헹궈졌으면 좋겠다고 생각하는 찰나, 내 안에 문신처럼 새겨진 아이의 희미한 한숨이 느껴졌다. 그 아이를 가만가만 바라보았다. 작은 생각이 하나 스쳤다. 내가 나 자신을 사랑할 수 없었던 이유는 어쩌면, 그 아이를 있는 그대로 온전히 사랑해주지 못해서가 아닐까. 그 시절, 그 아이는 집 밖을 벗어나면 누가 뭐라고 한 것도 아닌데 내내 스스로 주눅 들었다.

'나도 내가 창피해. 한심해. 부끄러워. 찌질해. 이상해. 벗어나고 싶어. 울고 싶지만 울면 안 돼. 별것도 아닌데 그조차도 늘 못하는 아이. 바보 같고 희한한 아이. 지금이 싫어. 빨리 어른이 되고 싶어.'

내가 청소년이 되었을 때도, 성인이 되었을 때도, 내 안의 그 아이는 그때 그 모습 그대로 머물러 있었다. 늘 수치심에 젖은 채 성장하지 않는 그 작은 아이를 마주하는 것이 두려워서, 나는 그 아이를 사랑하기보다 회피

하기를 택했던 것 아닐까.

만약 나의 아들, 딸이 스스로 그런 생각을 하고 있다면? 상상해보니 큰 슬픔이 파도처럼 밀려왔다. 그 파도에 모래성 같은 내 마음이 풀썩 무너졌다. 아, 나의 자식들만 나와의 안정적인 애착이 필요한 것이 아니었구나. 내 속의 작은 문신 아이도 애착이 필요했던 거로구나. 이제 와서 그것을 깨달았다. 이제라도 깨달은 것이 다행인지도 모른다. 때마침 세탁기에서 동작이 끝났음을 알리는 노래가 흘러나왔다. 나는 그 소리가 멈추고 난 뒤에도 한동안 나와 문신 아이를 감싸 안아주었다.

바나나가 너무 맛있어서

아무래도 나에게 슬럼프가 온 것 같았다. 아들의 감기가 심해지더니 모세기관지염까지 진행됐다. 일주일 내내 아이도, 나도 많이 힘들었다. 며칠을 밤새워 열을 재고 약 먹이고 투정 받아주느라 몸살을 겪었다. 조금 나아졌는데도 밤에 푹 못 자고 자주 우는 걸 보면 아파서도 아파서지만, 성장통이 온 것 같기도 했다. 슬슬 아이와 나에게서 감기가 떨어질 즈음, 이미 계절이 바뀌어 있었다. 몸이 녹아내릴 듯이 힘든 나날이었는데, 아이들이 아프고 나면 성장한다는 말이 맞나 보다. 빈이는 어린이집에 다녀오더니 "엄마~!" 하고 품에 와락 달려든다. "기분이 좋아. 엄마랑 같이 있어서 기분 좋아"라고 말하며 이마를 비벼댄다. 사랑한다는 말도 부쩍 늘었다. 이런 때의 아이는 티 없이 맑은 하늘의 양털구름 같다. 보고만 있어도 보송보송한 기분이 되어버린다.

몸도 기진맥진이고 마음도 힘든데, 엎친 데 덮친 격으로 갑자기 나에게 지독한 장염이 시작되었다. 어릴 때부터 일 년에 한두 번씩 심한 배탈을 앓곤 했다. 장염이 시작되고 3일 내내 먹은 것이라고는 죽과 누룽지가 전부였다. 나는 며칠 사이 3킬로그램이나 빠지고, 심각한 탈수증상으로 수액을 두 번이나 맞았다. 세상에, 장염을 한두 번 겪는 것도 아닌데 매번 이렇게 힘들 수가. 나는 수액을 맞고 나오는 길에 다시 진료실로 가서, 의사 선생님에게 동정을 갈구하는 눈빛으로 물었다.

"원장님, 저…… 계속 죽만 먹어야 하겠죠?"

"네, 아시다시피 지금은 흰죽이 제일 좋습니다. 지금은 소화가 안 되니 영양죽 같은 거 먹지 마시고요, 흰죽에 간장 조금 섞어서 드세요."

의사 선생님은 목례를 하며 이제 그만 가라는 듯,

무언의 인사를 건넨다. 그러나 나는 늘 형식적으로만 만나왔던 이 의사 선생님에게 오늘따라 왠지 칭얼대고 싶어진다. 나는 울상을 지으며 얘기했다.

"흰죽만 먹으려니 너무 지겹고 힘들어서요."

"하하, 그렇죠. 힘드시죠? 며칠 동안 설사가 심한 경우 전해질 불균형이 오는데, 이때는 다른 과일 말고 바나나는 조금 드셔도 돼요. 전해질 보충에 좋습니다."

"아! 바나나요! 네. 감사합니다. 안녕히 계세요."

나는 속으로 쾌재를 외쳤다. 바로 내가 듣고 싶었던 말이었다. 흰죽 말고는 무엇이라도 좋았다. '바나나'라는 단어를 듣는 순간, 정말 바나나 하나만 먹으면 소원이 없겠다는 마음이 들었다. 집에 돌아가는 길에 걸을 힘조차 없었지만, 젖 먹던 힘까지 끌어모아 마트에 들렀다. 장 볼 거리는 많았지만 마트를 돌아다닐 기력이 없어서 오로지 필리핀산 바나나 한 송이와 계란 한 판만 들고 계산대에 섰다. 계산을 해주시던 직원은 엉거주춤한 나의 품새를 보더니 물었다.

"어디 아프신 거 아니죠?"

나는 쩍쩍 갈라지는 목소리로 겨우 대답했다.

"아, 네. 저 많이 아파요. 제가 장염이 심하게 걸려서 지금 힘이 없어서요."

"아이고, 어째. 그럼 얼른 집에 들어가셔서 좀 쉬세요. 편히 드러누워 쉬어야 낫지."

나는 처음 만나는 낯선 사람에게 친정엄마 같은 따뜻한 잔소리를 들으며 계산을 하고 나왔다. 마트에서 나오자마자 눈앞에 보이는 벤치에 앉아 바나나 한 개를 뜯어내 정성스레 껍질을 깠다. 바나나의 뽀얀 속살이 어찌나 예쁘던지. 한입 베어 물고는 맛을 음미하며 아주 천천히 씹어 넘겼다. 또다시 한입을 베었을 때, 갑자기 울컥하면서 내 눈에 눈물이 맺혔다. 서러워서가 아니었다. 바나나가 너무 맛있어서, 행복해서 울었다. 나는 바나나를 생과일로 먹는 것을 그리 좋아하지 않았는데, 음식을 갈구하다가 겨우 먹은 그 바나나는 기가 막힐 정도로 맛있었다. 나는 엄마에게 당장 메시지를 보냈다.

'엄마, 나 바나나가 너무 맛있어서 울 것 같아. 내가 태어나서 여태 먹어본 바나나 중에 제일 맛있어.'

30대 중반의 딸이 보낸, 아이 같은 문자에 엄마가 웃는다.

'하하. 없어봐야 소중한 걸 안다니까.'

장염으로 괴롭던 5일 동안 나는 먹고 싶은 음식들

이 아주 많아졌다. 특별한 음식들이 아니었다. 평상시 아무 감흥 없이 먹었던 평범한 음식들이 무척 먹고 싶었다. 먹고 싶을 때 먹는 것만으로도 행복인데, 나는 그동안 사소한 행복들을 잊고 살았던 것 같다. 온몸에 힘이 쭉 빠져 있는 동안 아무 의욕도 생기지 않았지만 내 머릿속에서 '얼른 나아서 보통의 밥과 간식들을 먹고 싶다'는 생각만큼은 떠나지 않았다.

나는 늘 힘을 내야 할 때, 힘을 내지 못하는 나 자신에게 채찍질을 하곤 했다. 아픈 와중에 문득 '나는 왜 늘 힘을 내야 하는 것일까?' 하고 나에게 질문을 던졌다. 나의 아이를 위하여. 가족들을 위하여. 직장 동료들을 위하여. 아무리 생각해도 '나를 위하여'라는 대답은 나오지 않았다.

오늘은 마음먹고, 나를 위하여 힘을 내지 않을 생각이다. "우리 가끔은 힘내지 않아도 괜찮아" 하고 나 자신을 다독거리니 그제야 기분이 조금 풀리는 것 같았다. 울고 싶은 나에게 누군가 위안의 말로 울지 말라고 하면 진짜 위로가 되어주지 못할 때가 있지 않은가. 너무 힘내려 애쓰지 말고 흘러가는 대로 그저 놔두는 연습을 해야겠다. 그리고 일상식이 가능해지면 나는 소소한 음식들을 행복하게 누리리라. 몸과 마음이 힘든 순간에는, 내가 지금 성장통을 겪는 중이라고 생각하기로 했다. 이 성장통이 지나가고 나면 분명 나는 훌쩍 클 것이다. 급성장기의 아이들은 실제로 주기적인 성장통을 겪는단다. 3주 혹은 3개월 단위로 한차례 심하게 아프고 난 뒤 성장 속도가 증가하기도 한단다. 참 신기한 자연의 이치이다. 아프면 그만큼 큰다는 얘기 말이다. 잃는 것이 있으면 얻는 것도 있다는 건 세상의 진리인지도 모른다. 자유로이 말할 수 없었던 어린 시절을 떠올리면 상처에 소금을 친 것처럼 쓰라린 마음이 되지만, 그 고통의 시간이 나에게 준 것이 있으리라 믿는다. 나는 그 상처로 인해 분명 더 강해졌을 것이다.

나의 언니 여진에게

어릴 때 말 좀 안 하면 어때. 어쨌든 결국 하게 될 거야. 문제없이 자랐잖아. 괜찮아. 네가 예민한 거야……. 언니, 내 아이가 나를 닮게 될까 봐 전전긍긍 걱정할 때마다 내 주변 사람들은 다들 이런 반응이었어. 나는 그간 곰팡내 날 정도로 깊숙하게 잘 숨겨놓았다고 생각했던 선택적 함구증 기억들을 아이를 키우면서 하나둘 꺼내놓을 수밖에 없었어. 내성적이고 소심한 것과는 다른, 남들 앞에서 입을 열 수 없는 아이의 마음을, 그 아이의 마음속에 가득한 두려움의 크기를, 대부분의 사람들은 대수롭지 않게 생각해. 그들을 이해하면서도 나를 격려하는 말 한마디에 북받치는 서러움과 외로움은 쉬이 가시지가 않아. 이런 나의 답답한 마음을 언니는 이해할 수 있겠지, 다행이야.

나는 청춘을 한 트럭 가져다준다 해도, 다시는 그 시절로 돌아가기 싫은데, 하물며 내 아이가 그 시절의 내 모습으로 살아갈지 모른다는 생각은, 나를 정말 아프게 해. 언니도 그 마음을 알기에 사진 속 조카 표정 하나하나에 마음을 쓰는 거겠지? 남들 눈에는 빈이가 그저 웃는 사진인데도, 언니는 사진 속 빈이가 정말 즐거운 건지, 불편하지만 마지못해 웃는 건지를 파악하느라 대충 보는 법이 없는 거야.

언니, 봄이 오고 있어. 혹독한 미세 먼지 속에서도 꿋꿋이 피어나는 꽃들을 보니, 어김없이 소풍의 계절이 돌아왔음이 실감 나네. 유치원 때도, 초등학교 때도 소풍 전날은 잠이 쉽게 오지 않았어. 대부분의 친구들은 설레어서 잠이 안 왔겠지만, 우리는 너무 불안해서 잠이 안 왔지. 소풍날은 변수가 많거든. 선생님이 '짝꿍과 손을 잡고 걸어라'고 하면 그나마 괜찮은데, 갑자기 아이들이 자유롭게 걸어가게 되면 나는 이내 외톨이가 되어버렸어. 친구들과 섞이고 싶은 것도 아니었고, 외톨이로 혼자 있고 싶은 것도 아니었던 나는 소풍이 시작하기 전부터 그 시간이 빨리 지나가길 바라고 또 바랐어. 선생님이 돗자리를 펴고 아무 데나 앉아 도시락을 먹으라고 하면, 나는 겉으로는 미동이 없었지만 속으로는 우왕좌왕이었지. 어디에 앉아, 어느 순간에 도시락 뚜껑을 열어야 하는 건지, 입이 잘 안 벌어지는데 오늘따라 김밥은 왜 이리 큰지. 내 가방에도 다른 아이들처럼 간식이 있는데 늘 그 간식들을 꺼낼 타이밍을 못 찾고, 가방에 다시 고이 모셔와 결국 집에 와서 뜯었지. 다른 아이들은 다들 김밥을 먹은 뒤 자연스럽게 간식을 꺼내 먹는데, 우리는 간식에 손을 대기가 부끄러워서 먹기를 포기했으니까.

집에 돌아오면 우리는 미처 못 먹었던 간식을 꺼내 먹으며 우리만의 진짜 소풍을 시작했어. 옥상에 올라가 돗자리도 펴보고, 땅따먹기도 하고, 무궁화 꽃이 피었습니다도 하고. 우리의 참았던 목소리와 웃음소리는 옥상 위 구름에까지 닿을 정도였어.

언니, 오늘 날씨가 무척 좋아서 꽃이 활짝 핀 곳으로 봄맞이 소풍이 가고 싶더라. 하지만 소풍 갈 여유가 전혀 없으니, 그 대신 꽃집에서 프리지아 한 단을 샀어. 언니, 내가 왜 어린 시절부터 프리지아를 좋아하는지 알아? 초등학교 2학년 때 담임이셨던 유 선생님 때문이야. 앳된 얼굴에 단

발머리의 유 선생님은 말을 안 하는 나를 티 나지 않게 신경 써주셨어. 틈틈이 교실 앞 선생님의 책상으로 나를 불러 이 얘기 저 얘기 묻고는 하셨지. 난 주로 고개를 끄덕이거나 좌우로 흔들며 겨우 대답할 뿐이었지만 선생님은 그런 날 나무라지 않았고, 늘 친절하게 대해주셨어. 어느 날, 선생님이 청소 당번으로 날 지정하시더니, 청소 끝나고 교실에 남으라고 하셨어. 나한테 무슨 얘기를 하려고 남으라고 하시는 거지? 떨리고 궁금하긴 했지만 선생님들은 방과 후 나에게 시험지 채점이라든지 과제 확인 등의 보조적인 일들을 많이 시켰기 때문에, 뭔가 시킬 일이 있을 것이라 생각하고 크게 개의치 않았어. 청소 당번으로서 해야 할 일들을 마친 뒤 선생님을 기다리고 있는데, 선생님은 5분이 지나도 10분이 지나도 들어오지 않았어. 용기를 내어 교무실에 가서 청소를 다 했다고 이야기해야 하나 고민하고 있던 중, 드르륵 소리가 났지. 선생님은 갑자기 교실 뒷문으로 들어오셨어. 교실 청소가 잘 되었는지를 확인하듯 교실을 한 바퀴 쓱 돌아보시더니 나에게 얘기했어.

"여주야, 주전자 탁자 밑에 커튼 열어봐."

나는 선생님이 청소를 더 시키려는 건가 싶었어. 늘 그렇듯 무표정한 표정으로 허리를 숙여 짧은 커튼을 들췄지. 양동이 안에 노란색 꽃 한 다발이 얌전히 놓여 있었어.

"여주야, 생일 축하해!"

선생님은 꽃보다 더 활짝 웃으며 얘기하셨어. 나도 잊고 있었던 내 생일. 나는 심장이 콩닥콩닥 뛰고 설레었지만, 무표정한 얼굴로 그 꽃다발을 어색하게 들고 서 있을 뿐이었지.

"꽃 냄새 맡아봐. 그게 무슨 꽃인 줄 알아? 프리지아라는 거야."

꽃향기는 상큼하고 황홀했어. 나의 생일을 가족이 아닌 누군가에게 축하받는 일은 처음이었어. 그 후로 내가 제일 좋아하는 꽃이 프리지아가 되었어. 얼마 전 우연히 프리지아의 꽃말이 '당신의 시작을 응원합니다'라는 것을 알게 되었어. 선생님 생각에 가슴이 울렁거리더라.

언니, 지금의 우리 나이보다 더 어렸던 유 선생님은 어떤 마음으로 그 꽃을 준비해서 다른 아이들 몰래 서프라이즈를 준비했을까? 말을 하지 않는 자신의 제자가 꽃향기로 마음의 문을 열고 말을 시작하길 바랐던 걸까? 그 일이 있은 후에도 나는 그 전과 똑같이 학교에서 입을 열 수 없었지만, 20여 년이 훌쩍 지나버린 지금도 선생님의 얼굴과 그 꽃이 어제 일처럼 떠올라. 지금의 내가 이렇게 말도 잘하고, 밝고, 친구들도 많은 것을 보면 정말 기뻐하실 텐데. 말도 없고, 자신감도 없고, 친구도 없던 나이지만 사랑받을 자격이 있는 존재라는 것을 선생님은 일깨워주셨어. 오늘 내가 산 프리지아의 향기를 맡으니 나는 초등학교 2학년 그 시절을 떠올리며 다짐을 하게 돼.

'위태로운 날들도 이윽고 지나가고야 만다. 잘 버텨온 나를 사랑하자. 난 사랑받을 자격이 있어.'

언니, 어른이 된 지금도 우리는 여전히 많은 고민과 어려운 시간들을 지나고 있지만 잔잔하게 잘 해결하며 지내보자. 우리는 그보다 더 어렵고 고된 외로운 시간들을 잘 버텨온 강한 사람들이잖아. 여렸지만 이제는 누구보다 단단해진 언니를 사랑해.

그렇게

조금씩

내가

되었다

여진

•

아침에 만난 머핀 요정

대학교 3학년. 졸업 전에 휴학계를 내고 캐나다로 어학연수를 떠나야겠다고 다짐했다. 행운이었다. 그 시기가 우리 집의 경제 사정이 또 다시 바닥을 향하기 직전이었다는 사실을 나중에야 알게 되었다. 항공권과 어학원 등록금을 걱정하지 않아도 된다는 것은 감사한 일이었다. 더군다나 무작정 같이 가겠다고 따라나선 동생의 항공권도 무리 없이 끊을 수 있었으니 말이다. 그렇게 금전적 여유의 끝물을 타고 다녀온 어학연수는 내 세계를 넓혀주었다. 내 사주를 풀면 역마살이 여러 개 나온다던

데, 그 말을 증명이라도 하듯 나는 어학연수 후 끊임없이 비행기를 타고 해외로 나갈 궁리를 했다. 단순한 여행뿐 아니라 해외 봉사, 국제 교류 프로그램 등 온갖 기회를 살려 여러 나라를 오가고 다양한 사람을 만났다. 그렇게 흘러가다 보니 어느덧 졸업반이 되어 있었다. 졸업을 앞둔 나의 꿈은 '글로벌한 회사에서 일하는 회사원'이었고 그 꿈을 이루었다. 여기저기 면접을 보러 다니다가 입사한 해운 회사는 세계 각국에 글로벌 네트워크를 가지고 있었다. 문서들은 해외 직원들과 함께 보는 서류들이었기에 대부분 영어로 작성해야 했다. 업무 메일이나 메신저로 소통할 때도 영어가 기본이었다. 마치 나비효과처럼 대학교 3학년 캐나다로 떠나는 비행기 안에서 내 인생의 방향이 설정되었는지도 모르겠다. 그 후 한의사라는 또 다른 꿈을 가지게 되었고 각고의 과정을 거쳐 현재는 한의사로 일하고 있다. 임상의로 일하는 시간이 쌓일수록 한의학을 전 세계로 알리고 싶은 마음도 자연스레 커가는 중이다.

동생과 나는 캐나다 서부, 빅토리아라는 작은 도시에 5개월 정도 머물렀다. 캐나다에서 날씨가 가장 온화하여 은퇴자들이 많이들 거주하는 곳이다. 날씨만큼 사람들도 따뜻했다. 길거리를 걷다가 행인과 눈이 마주치면, 그 짧은 순간에도 여유로운 미소로 웃으며 인사해주는 사람들이었다. 처음에는 맥도날드에서 햄버거를 주문하는 일마저 매끄럽지 않아 좌절하던 우리는 두 달이 지나자 영어로 말하는 꿈을 꿨다며 기뻐하곤 했다. 동생과 나는 어학원 방학을 맞이해서 5일간 동부 캐나다로 배낭여행을 떠나기로 했다. 오렌지색이 상큼하게 섞인 백팩을 메고 설레는 마음으로 비행기에 탑승했다. 《캐나다 100배 즐기기》라는 책의 모서리 접힌 페이지를 뒤적거리다 보니 우리는 어느덧 구름보다 높이 떠 있었다. 두둥실. 하늘 위로 떠오른 비행기처럼 우리 마음도 한껏 들떴다. 토론토에 도착하자마자 물과 초콜릿을 사기 위해 슈퍼에 먼저 들렀다.

"어째서 거스름돈을 던지는 거지?"

서부에 고작 몇 달을 머무르다가 동부로 왔을 뿐인데, 우리는 사람들의 다른 모습에 잔뜩 주눅이 들고 말았다. 영하 15도 아래로 떨어지는 온도에 소스라치고, 사람들의 냉랭한 태도에 한 번 더 놀랐다. "우리 동네는 안 그런데……"라는 말이 절로 나올 정도로, 서부의 온화한 날씨와 방긋 웃어주는 사람들의 따뜻함에 익숙해져 있었던 우리였다.

그래도 그마저도 여행의 일부였다. 우리에게는 낯선 공기마저도 기쁨으로 다가왔다. 배낭여행을 할 기회가 흔치 않던 시절, 쌍둥이 둘이서 지도를 들고 몇 개의 도시를 돌아다닐 멋진 계획을 세웠으니 말이다. 당시 우리가 들고 있던 것은 말 그대로 '종이 지도'였다. 불행하게도 우리는 둘 다 길치였던 탓에 길을 찾는 과정에서 "아니라니까. 이 골목이 아니라 다음 골목이 맞다구!" 하며 티격태격했다. 그 시절에도 지금처럼 스마트폰과 구글맵이 있었더라면, 우리는 그 여행에서 덜 싸웠을지도 모르겠다. 몬트리올 뤼미에르 축제에서 생전 처음 구워 먹어본 마시멜로는 달콤한 뭉게구름처럼 입안에서 금세 녹아 사라졌다. 웅장한 나이아가라 폭포 앞에서는 감동이 쉬이 가시질 않아 한참을 더 서성거렸다. 여행 일정이 반 정도 지났을 무렵, 우리는 서로의 발바닥에 정성스레 편지를 써주기도 했다. 동생이 쥔 볼펜 끝이 내 발바닥에 닿을 때마다 간지러워 키득거렸다. 디지털카메라에 발바닥을 들이대며 이 장면을 기록에 남겼다. 사진 속에는 하늘색 파자마를 입은 나와 진저 쿠키가 그려진 분홍색 파자마를 입은 동생이 이를 드러내고 환히 웃고 있다.

여행 내내 저렴한 숙소를 찾아 머무르기를 반복하던 우리는 어느 날 아주 자그마한 게스트하우스를 찾아갔다. 계단 위를 따라 올라가 배정된 방으로 발을 들여놓는 순간, 무언가 불안한 기운이 엄습해왔다. 좋지 않은 직감에도 불구하고 강추위와 피로에 지친 몸을 이끌고 다른 숙소를 찾아 헤매는 방황을 더는 할 수 없었다. 그렇게 그 방 안에 짐을 풀어놓고 몸을 맡겨버렸다. 눅눅한 습기를 머금은 어두운 방이었다. 여주가 이야기했다.

"지저분하고 낡은 곳이긴 하지만, 그래도 이곳은 아침에 머핀을 준다잖아."

"그래. 하룻밤 자는 건데, 뭐. 근데 아침 8시까지만 머핀을 준다니. 어차피 나는 그렇게 일찍 일어날 자신이 없어."

"나도 너무 졸릴 것 같은데…… 그래도 받아올 거야."

샤워 후, 우리는 불을 끄고 누워 잠들려 했으나 한순간 온몸에 소름이 돋았다. 타타타탁…… 투투투툭…… 사각사각사각…….

"헉, 이거 혹시 천장에서 쥐가 뛰어다니다가 무언가 갉아먹는 소리인 거야?"

나는 작게 비명을 외쳤다. 소름이 끼쳐 이불을 끌어올려 발끝부터 얼굴까지 덮었다. 그러다가 순식간에 얼굴을 빠끔히 내밀었다. 청결하지 않은 이불에 벼룩이라도 있을 것만 같아 안심되지 않았기 때문이다. 그렇게 불안한 마음으로 잠을 청했고, 나는 어느 순간 깊은 잠의 나락으로 빠져들었다. 아침에 여주의 인기척을 느낀 것 같았다. 평소 같았으면 그 시간에 눈을 떴을 나였지만, 그날은 유독 달콤한 잠에서 헤어나질 못하고 있었다. 전날 추위에 떨며 종일 걸어 다녔던 탓에 무척이나 고단했던 모양이다. 응? 어느 순간, 눈을 번쩍 뜨고 옆을 바라봤다.

"내가 아래층에 내려가서 머핀 받아왔어."

여주는 머핀을 받아와 침대 위에서 내가 깨기를 가만히 기다리고 있던 것이다. 잠을 덜 자 푸석한 그녀의 얼굴에는 기쁨이 서려 있었다. 미소가 한가득 피어오르는 아침이었다. 겨우 5분밖에 차이가 안 나는 동생이긴 하지만, 전날 밤부터 기다리던 머핀을 기어코 받아온 그 아이가 너무 사랑스러웠다. 나는 지금도 그 찰나의 장면을 회상하면 웃음이 나온다. 조용히 나가 머핀을 챙겨온 동생이 귀여워서, 내가 깨기를 얌전하게 기다렸던 동생이 너무 귀여워서. 사르르 녹아버릴 것 같은 아침이었다. 천장에서 쥐가 뛰어다니는 소리도, 지저분한 방의 이불도, 불안한 마음도 전부 기억 속에서 거의 사라졌다. 하지만 창 너머로 햇살이 스며드는 아침에 머핀을 들고 내가 깨기를 기다리는 동생의 모습, 그리고 그때 내가 느낀 따뜻한 기분은 동부 캐나다 여행의 가장 기억에 남는 추억이 되었다.

시간이 지날수록 그 작고 낡은 방에 묵었던 사실이 너무나도 감사해진다. 만약 그곳이 쾌적한 환경이었다면, 같은 상황에서도 그런 감동을 전혀 느끼지 못했을 테니 말이다. 나는 언젠가 이 추억을 되새기며 그날 내가 느낀 감정을 여주에게 꼭 이야기해주고 싶었다. 소소한 행복을 느끼고 움켜쥘 줄 아는 우리임을 감사하며, 나는 앞으로도 몇 번이고 그날 아침의 머핀 요정을 떠올릴 것이다.

밥 아저씨

얼마 전, 새로운 취미 활동을 위해 미술 학원을 등록했다. 태양이 비치는 평온한 바다 사진을 들고 가 유화로 그려보기로 했지만, 좀처럼 쉽지 않았다. 바람에 움직이는 물결과 햇살에 반짝이는 윤슬을 표현하기 위해서는 수많은 그림자가 필요했다. 내가 그려놓은 파도의 결이 못마땅해 덧칠하다가, 잠시 붓을 놓고 한 박자 쉬어가기로 했다. 그때, 떠오르는 목소리가 있었다.

"참 쉽죠?"

밥 아저씨의 목소리였다.

어릴 때, EBS 〈밥 로스의 그림을 그립시다〉라는 미술 프로그램을 자주 시청했다. '미술'이 아니라 '마술'을 보는 듯했다. 다정한 밥 아저씨는 늘 한결같은 모습으로 등장했다. 아프로펌 헤어스타일에 덥수룩하게 갈색 수염을 기른 밥 아저씨. 푸른빛 셔츠의 소매를 두어 번 접어 올린 채, 왼손에는 팔레트를 오른손에는 붓을 들고 캔버스 앞에서 작업했다.

나는 밥 아저씨가 그리는 숲을 특히 좋아했다. 두꺼운 붓에 진한 녹색 물감을 묻혀 나뭇가지 위를 콕콕 찍으면, 밥 아저씨의 머리카락을 꼭 닮은 풍성한 나뭇잎이 생겼다. 거기서 끝이 아니었다. 방금 사용한 초록 물감에 밝은 연둣빛 물감을 섞어 가볍게 붓 자국을 남기면 생동감이 살아 넘치는 나뭇잎으로 변했다. 납작붓으로 침엽수를 그려내는 것도 뚝딱이었다. 나이프로 물감을 떠 산봉우리들 위를 무심한 듯 스치며 명암을 넣으면, 돌연 원근감이 살아났다. 그렇게 흰 눈 덮인 산, 나무가 우거진 숲, 하늘이 비치는 호수가 어우러진 한 폭의 풍경화는 눈 깜짝할 사이에 완성되어 내 앞에 펼쳐졌다. 그러고는 카메라를 쳐다보며, 마치 누구라도 똑같이 훌륭한 작품을 그려낼 수 있다는 듯 되풀이해서 묻는 것이었다.

"참 쉽죠? 그림 그리는 것은 어려울 필요가 없어요. 여러분도 연습하면 모두 할 수 있어요."

평생 미술을 업으로 살아온 밥 아저씨는 자신이 보여준 그림 그리는 과정이 마치 별 특별한 기술이 아니라는 양 여유롭고 인자한 미소를 지었다. 당신도 할 수 있다는 용기를 주는 넉넉한 미소였다. 나 역시 그런 멋진 그림을 뚝딱 완성할 수 있을 듯한 착각이 들었다. 그런 밥 아저씨를 떠올리면 생각나는 엽서가 하나 있다.

내 앨범의 제일 첫 장에는 손바닥만 한 엽서가 하나 꽂혀 있다. 앞면에는 고운 학종이를 접어 만든 교복과 하트가 붙어 있다. 뒤로 돌려보면 정성스레 꾹꾹 눌러쓴 글씨가 보였다.

언니, 중학생 되는 것 축하해.
중학생 되어서 공부 열심히 하고,
좋은 친구 많이 사귀기! 약속!
정말 정말 축하해. 그리고 사랑해.

나와 동시에 중학생이 되는 쌍둥이 동생의 엽서였다. 친구 많이 사귀자는 그 소박한 문장 속에 많은 의미가 담겨 있음을 우리는 잘 알았다. 그때까지도 친구를 사귀는 일은 닿기 힘든 먼 꿈만 같았다. 말하고 싶은 욕구는 내 안에서 계속 차올랐지만, 도무지 어디서 어떻게 시작해야 할지 몰랐다. 내가 원하는 것은 말을 조리 있게 잘하는 아이가 되는 게 아니었다. 그저 남들처럼 평범한 일상을 가지고 싶었을 뿐이었다. 결국 초등학교를 졸업할 때까지 입을 열지 못한 나는 친구를 한 명도 제대로 사귈 수 없었다. 중학교 입학을 앞둔 시점이 되자 이제는 말을 할 수 있을 거라는 막연한 기대가 들었지만, 한편으로는 입을 여전히 꾹 다물고 또다시 혼자가 되면 어쩌나 싶은 걱정에 마음이 팽팽한 긴장감으로 차올랐다.

초등학교를 졸업하기 전, 나보다 먼저 말을 시작한 여주는 늘 나를 격려하곤 했다.

"너무 어렵게 생각하지 마. 조금만 용기를 내서 고개를 끄덕거려봐. 목소리를 내도 아무도 놀라지 않아."

갇혀 있는 알을 깨고 세상으로 나가기 위해 필요한 것은 억지로 말을 하라는 일방적 지시도, 그대로 쭉 있어도 된다는 무심한 인정도 아니었다. 서툴지만 작은 한마디부터 시작해보자며 손을 내밀어주는 따뜻한 이해와 격려가 절실했다. 동생이 엽서에 진심을 담아 정성스레 써 내려간 문장들은 내게 그런 의미였다. '너무 걱정하지 마. 입을 열고 친구들을 사귀는 일을 내가 조금씩 시작했으니 언니도 곧 할 수 있어. 같이 해보자'는 메시지였다. 나는 그 엽서를 여러 번 반복해 읽으며 용기를 얻고 긴장을 풀었다. 내게 필요한 조용한 격려가 담겨 있던 소중한 엽서였기에 앨범 안에 꽂아 오래도록 간직한 것이었다.

밥 아저씨는 다른 사람들이 자신과 똑같은 그림을 그리도록 돕기보다는, 그림을 그리고자 하는 사람들을 따뜻하게 격려해주는 사람이었다. 밥 아저씨의 방송은 몇 번의 좌절 끝에 붓을 놓으려던 사람들에게 용기를 주었을 것이다. 그는 이 쉬운 걸 너는 왜 어렵게 느끼느냐며 타박하지 않고, 쉽다고 생각하면서 힘을 빼고 차근차근 시작해보자는 인생철학을 보여주는 사람이었다.

"하고 싶은 것이 있다면, 당신이 해야 할 첫 번째 일은 당신이 해낼 수 있다고 믿는 것입니다."

밥 아저씨의 말처럼, 긴장을 놔버리고 그저 자기 자신을 온전하게 믿는 일. 거기에서 인생의 마술은 시작된다. 말이 없는 아이들에게 나는 밥 아저씨와 동생이 그랬던 것처럼 다정하게 격려해주고 싶다. 어렵고 서툴지만,

한 번에 열 걸음이 아니라 딱 반 뼘만큼만 앞으로 같이 나아가보자고. 오늘보다 나은 내일의 네가 너를 기다리고 있다고. 결국에는 지금보다 더 나은 자신이 되고야 만다고. 여전히 많은 것들이 서툰 나이지만, 힘을 조금 더 빼고 걸어가보려 한다.

여진

•

입술 안에 감춰둔 소망

초등학교 4학년 즈음, 내 치아의 부정교합이 심해지자 엄마는 나를 교정 전문 치과로 데려갔다. '웅-웅-칙-칙-' 기계 소리가 가득한 치과에 들어서면 늘 긴장하게 된다. 그날 찾아간 치과는 여느 치과와는 조금 다른 분위기였다. 문을 열자마자 조화로 꾸며진 작은 정원이 보였다. 초록 기운은 마음을 편안하게 해주는 것이 틀림없었다. 대기실에 흘러나오는 피아노 연주곡과 밝은 조명은 원내 분위기를 한결 가볍게 만들고 있었다. 반들반들하게 코팅된 재질의 표지에 〈쎄씨〉라고 쓰인 패션 잡지를 만지작거렸다. 어쩐 일인지 마음이 편안해졌다. '앞으로 내가 다닐 치과구나.' 세련된 공기를 한껏 들이마시며 어떤 형태로든 나에게 변화가 생기기를 갈망했다. 매일 반복되는 굴레에서 벗어나고 싶었기에. 치아가 교정된다고 입이 쉽게 열릴 리는 없건만, 나는 막연한 기대감을 잡고 싶었던 것 같다.

"윤여진 님, 들어오세요."

접수 후 대기를 하던 중 드디어 내 이름이 들려왔다. 엄마는 치과의사에게 나의 치열과 구강 구조에 대해 상담을 하던 중이었다. 엄마는 앞으로 혼자 치과를 오갈 나와, 그런 나를 상대해야 할 치과의사가 염려되었는지 한마디를 덧붙였다.

"우리 애는 학교에서 말을 잘 안 해요."

아뿔싸. 그 순간, 편안했던 내 마음이 위태롭게 흔들리기 시작했다. 방심하고 있던 와중에 마음 한구석에 내려놓았던 무표정의 가면을 얼른 썼다. 내 얼굴에 희미하게 번져 있었을지 모를 옅은 미소를 빠르게 지웠다. 이곳에서도 나는 '말 안 하는 아이'라고 낙인이 찍혀버린 셈이었으니까. 객관적으로 본다면 말을 해도 전혀 상관

없는 상황이었다. 하지만 선택적 함구증을 겪고 있는 아이들은 자신이 본모습을 드러낼 수 있는 상황과 그러지 못하는 상황을 분리하는 작업을 먼저 한다. 상황을 어느 쪽으로 분리할지는 대부분 어떠한 장소나 상황을 접하는 초기에 결정되고 만다. 그 당시만 해도 '선택적 함구증'이 지금처럼 잘 알려진 때도 아니었거니와, 우리가 몇 년 내내 사람들 앞에서 일절 말을 하지 않는다는 사실이 엄마의 큰 걱정거리였을 때였다. 매번 이날 치과에서와 비슷한 상황이 반복되었지만, 새로운 곳을 갈 때마다 내가 말을 안 하는 꼬마라는 걸 절대 알리지 말아달라고 부탁하는 방법은 생각지도 못했다. 엄마가 언제 어디서 그런 말을 할지 예상치 못했고, 그런 언급이 이후 나를 어느 정도로 옭아맬지 나조차도 알 수 없었다. 폭로의 순간이 올 때마다 실망감과 답답함은 반복됐다.

'이것으로서 내가 여기에서도 말을 할 수가 없게 되었구나. 엄마는 왜 늘 사람들에게 내가 말을 안 한다고 밝혀버리는 걸까.'

간혹 입을 꾹 닫고 있는 나 자신이 너무 창피해서 견딜 수가 없었다. 두 쌍둥이 딸들이 침묵하는 시기가 점점 길어지자 엄마는 당혹스러움을 가득 안은 채 어떻게든 방법을 찾아보고 싶어 여기저기 해결책을 수소문도 해봤다고 했다. 엄마는 점점 걱정되었지만, 유치원 선생님들도 초등학교 선생님들도 모두 괜찮아질 거라고만 했다. 엄마는 불안한 마음을 붙잡고 '극도로 내성적인 아이들'이라는 결론으로 하루하루를 버텨내며 두 자매가 이를 극복하기만을 기다리고 있었을 것이다. 엄마의 눈에는 우리에게서 특유의 불안감이나 예민함이 보이지 않았을 테고, 착실함과 온순함만이 보였을 테니 시간이 지나면 해결되겠지, 하며 우리를 믿고 기다려주었던 것이다. 그것이 엄마의 희망이자, 믿고 싶은 소망이었으리라.

집 빼고는 어디에서도 입을 열지 않는 아이들. 언제나 이성적이고 씩씩한 엄마였지만, 그런 엄마도 종종 그 사실이 힘겹고 벅찼을 것이다. 덜컥 겁이 나는 순간들도 많았을 테다.

"우리 아이들은 학교에서는 말을 잘 안 해요. 집에서는 곧잘 해요"

답답한 엄마는 그렇게라도 본인의 고충을 누군가

에게 털어놓고 싶었을 것이다. 엄마 입장에서는 “우리 아이가 말을 안 하더라도 이해해달라”는 자녀들을 위한 배려의 마음에서, 어떤 도움을 통해서라도 이 문제가 해결되기를 바라는 애절한 마음에서 그랬을 테다. 오빠를 낳고 곧바로 가지게 된 쌍둥이 딸들. 손이 많이 가는 쌍둥이 엄마 역할도 처음이지만, 이렇게 문제가 있는 자녀가 둘이나 있는 현실이 엄마에게도 가끔은 벅찼을 것이다.

치아 교정은 길고 고단한 과정이었다. 일주일마다 한 번씩 치과에서 교정기를 조정하고 오면 치아를 조이는 통증이 며칠 내내 따라다녔다. 통증이 심해지는 날에는 너무도 고통스러웠다. 내가 아프다는 표현을 적극적으로 하지 않아서 치과의사 선생님이 이렇게 강하게 조인 걸까, 자책도 했다. 교정기에 닿는 입술 안쪽이 부르트기 시작하다 며칠 후에는 딱지가 앉기를 반복했다. 그렇게 1~2주가 지나 적응이 될 즈음에는 또다시 치과 가는 날이 찾아오곤 했다.

교정과 함께 무언가 변하리라 믿고 싶었던 마음과는 달리, 나는 몇 년이 지나도록 여전히 입을 벌리지 않는 아이로 남아 있었다. 입안은 전쟁통이었지만 나는 또 아무렇지 않은 척 마네킹 얼굴 같은 가면을 쓰고 지냈다.

집 밖에서는 속상하고 아파도 찡그리지 않는 아이로 그렇게 살아갔다. 한 살 한 살 나이가 들어도 입이 열리지 않는다는 현실은 나를 외롭고 불안하게 했다. 언제까지 이렇게 살아야 하는 걸까 막막했다. 그 시절에는 미처 몰랐다. 내가 사실은 아주 많이 울고 싶었던 상태였음을.

그렇게 몇 년이 더 지나 교정이 마무리되었다. 치과의사는 나의 부정교합이 치아 교정만으로는 부족하고 성인이 된 후 턱 교정 수술이 필요하다고 했다. 아무렴 어떠랴 싶었다. 교정기를 떼자 해방감이 찾아왔다. 드디어! 치과를 처음 들어설 때처럼 나올 때도 변화를 꿈꾸는 마음이 되었다. 교정을 끝내서가 아니라 6학년이 끝나가고 있었기 때문이었다. 초등학교를 졸업하고 새로운 중학교에 입학할 시기가 다가오고 있었다. 그것으로 충분했다. 입을 열고 나의 목소리를 내고자 하는 마음의 준비를 하기엔. 진정한 변화의 시기가 한 발자국씩 다가오고 있었다. 혀를 움직이면 느껴졌던 입술 안쪽 상처의 딱지가 작아지고 있었다.

여진

작고 소중한 등줄기

다양한 증상과 함께 우울감을 느끼는 환자들이 한약을 처방받으러 한의원에 오는 경우가 종종 있다. 환자들은 한의사에게 본인의 증상뿐 아니라 그간 오롯이 감당해냈던 감추어둔 인생의 이야기를 눈물과 함께 쏟아내기도 한다. 위로를 건네는 일은 한 사람을 온전히 있는 그대로 들여다보는 치유의 과정이기에 더욱 마음을 다하게 된다. 하지만 정작 나의 마음이 깊은 바닥으로 굴러떨어질 때는 스스로 지어 먹는 한약만으로는 한계를 느낀다. 한의사로서의 내가, 환자로서의 나 자신과 진지한 상담을 하는 것은 힘든 일이기 때문이다.

우리는 자기 자신에 대해 너무 많이 알거나, 혹은 너무 많이 모른다. 그러므로 내가 치료하기 가장 어려운 환자는 바로 나 자신이기도 했다. 그러던 어느 날, 내 안에서 무언가 조금씩 어긋나기 시작했다. 묘하게 일그러지고 있는 세상에서 급기야 동떨어져 나온 느낌. 무기력하고 무엇을 해도 재미없다는 생각이 들었다. 좋지 않은 징조였다. 나의 우울감을 알아챈 동생은 심리 상담을 권했다.

나와 마주 앉은 심리 상담사를 보니 진료실에 앉아 있는 나의 모습을 보는 듯했다. 순간, 사람들의 아픈 이야기를 들어주는 나는 심리 상담사에게 힘든 마음을 터놓으면 되지만, 상담사들은 어쩌지, 하는 걱정이 제일 먼저 들어 하마터면 질문이 나올 뻔했다. 그곳의 상담사들은 정기적인 상담 프로그램에 스스로 참여하여 본인의 마음을 관리한다는 사실을 나중에 알게 되었다. 다행이었다. 어쨌든, 앞으로 나의 개인적인 이야기를 들어줄 사람이 있다는 데에 안도감을 느끼며 말했다.

"우울증까지는 아니지만, 이대로 더 가다가는 우울증이 올 수도 있겠더라고요. 예방 차원에서라도 상담을 적극적으로 받아보고 싶어요. 늘 해보고 싶었거든요.”

그리고 얼마 지나지 않아 나의 우울감이 생각보다 꽤 진도가 나가 있었다는 것을 깨달았다. 괜찮다고, 별일 아니라고 스스로를 위안하며 그저 그렇게 일상을 견뎌내던 게 어제오늘이 아니었건만, 이제는 한계에 다다라 바닥을 치고 있었다. 더는 안 되겠다는 생각이 들었다. 나는 마치 기다렸다는 듯이 심리 상담사에게 나의 이야기를 쏟아냈다. 말하고 싶지만 말할 수 없었던, 어린 시절 나약한 나에 대한 길고 긴 이야기였다. 내면의 초라한 내가 수많은 감정 중에 유독 견디기 힘들어하는 감정은 ‘외로움’, 그보다 더 깊은 ‘고립감’, 그리고 어떤 감정을 느끼든 그 밑바닥에 깔린 ‘슬픔’이었다.

슬픔은 때로 뜬금없이 찾아왔다. 누군가에게 크게 오해받거나 무시당해 화가 나야 마땅한 상황에서조차 곧잘 슬퍼지는 나 자신을 가끔 이해할 수 없었다. 매회 50분이라는 제한된 시간 동안 내면에 억압되어 있던 나의 솔직한 이야기들을 최대한 많이 꺼내놓으려 했다. 네 번째 만남에서 상담사는 조심스럽게 나에게 물어보았다.

“여진 씨, 혹시 어린 시절의 나 자신을 만나러 가보는 건 어떨까요? 괜찮을까요? 마음의 준비가 되어 있나요?"

"네. 괜찮아요."

"그럼 천천히 눈을 감고 집중을 해서 장면을 그려볼 거예요. 지금부터 성인이 된 현재의 여진 씨가 어린 시절의 여진이를 찾아갈 거예요. 제일 힘든 시기의 여진이를 만나러 가볼 겁니다. 자, 준비되셨죠? 몇 살의 여진이를 만나볼까요? 여진이가 무엇을 하고 있는 중인가요?"

"일곱 살, 초등학교 1학년. 학교가 끝나고 혼자 하교하는 중이에요."

파마머리를 묶은 여진이가 자기 몸통보다 커 보이는 빨간색 가방을 멘 모습이 보였다. 아무렇지 않은 듯 하루를 보내고 뚜벅뚜벅 걷고 있는 일곱 살의 여진이었다. 그때였다. 오래도록 꾹꾹 눌러 놓았던 슬픔이 가슴속 아주 깊은 곳에서부터 북받쳐 올라왔다. 나는 아직 어린 나에게 인사도 하지 못한 채, 상담실 안에서 엉엉 소리를 내며 한참을 울었다. 주체할 수 없을 정도로 서러운 울음이었다. 온갖 생각과 말, 감정들을 억누르고 하루하루를 살아가던 어린 여진이가 거기 있었다. 아무렇지 않은 척 매 순간들을 덤덤하게 넘겼지만, 사실 아이는 무척 울고 싶었던 것이다. 상담사는 끝없이 흘러나오는 눈물과 울음소리가 잦아들 때까지 기다려주었다.

드디어, 혼자 가방을 메고 집으로 걸어가고 있던 일곱 살의 여진이와 눈이 마주쳤다. 늘 그랬듯이 무표정한 얼굴이었다. 낯선 이의 등장에 미세하게 놀라고 당황한 표정이 어려 있었지만, 그것은 나만 눈치챌 정도의 흔들림이었다. 다른 사람들 앞에서는 기쁨도 슬픔도 모두 숨기던 시절이었다.

"여진아, 안녕? 놀랐지? 괜찮아. 나는 어른이 된 여진이야. 네가 컸을 때의 모습이란다."

"……네. 안녕하세요."

꾹 다물어져 있던 입이 조금씩 움직였다. 아주 작은 목소리였다. 아이가 겁먹지 않도록 최대한 웃으며 말을 걸었다.

"오늘 하루는 잘 보냈어? 기분이 어떠니?"

"그냥 그런 똑같은 하루였어요……. 다른 아이들처럼 지내고 싶은데, 말이 안 나오니까 많이 답답하고, 계속 혼자라 항상 외로웠어요."

"그랬구나. 오늘도 조용한 하루를 보냈지만, 사실은 너무 힘들었지? 나름대로 최선을 다해 하루를 지냈을 거야. 여진아, 지금은 언제까지 이 생활이 반복되나 불안하겠지만, 결국 너는 몇 년 후 말도 잘하게 되고 친구들도 많이 사귀게 돼. 평범해지고 싶다는 너의 바람은 현실이 되어 다른 아이들과 섞여 지낼 수 있게 되지. 지금도 너는 결코 혼자가 아니야. 외로움으로 너무 힘든 순간에는 너를 사랑하는 할머니와 가족들을 생각해. 그래도 힘들 때는 나를 불러. 언제든지 내가 바로 달려와서 너를 안아줄 거야. 그러니까 괜찮아."

나는 상담사가 이끌어주는 대로 상상 속에서 어린 나를 꼭 끌어안아주었다. 안쓰러운 아이. 머리부터 등줄기까지 부드럽게 쓸어내리며 어린 여진이를 진심으로 위로해주었다. 손바닥에서 느껴지는 따스한 체온. 조카들을 사랑으로 안아줄 때와 비슷한 느낌이었다. 아주 작고 소중한 등줄기였다.

유치원을 다닐 때부터 나는 어린아이답지 않았다. 모든 감정을 눌렀고 덤덤하게 넘겼다. 아무렇지 않은 척하는 일엔 그다지 큰 노력이 필요하지는 않았다. 그저 그렇게 살아가는 데에 익숙해져 있었으므로. 하지만 사실은 무척 울고 싶었던 것이었다. 매일 반복되는 일상 속에서 어린아이처럼 엉엉 울고 싶은 마음을 애써 모르는 척했고, 꾹 눌러 참았던 눈물은 몇 년간 쌓여 어른이 된 후에도 나의 내면에 고스란히 남아 있었다. 어린 나는, 사실은 괜찮지 않았다.

상담 이후, 나는 나의 내면 깊은 곳에 항상 자리 잡고 있던 알 수 없는 슬픔의 근원을 이해하게 되었다. 나는 이제 슬픔을 느껴야 할 상황에서 마음껏 슬퍼한다. 슬퍼하지 않아도 되는 상황에서 불필요한 슬픔을 느끼며 눈물이 흐르는 일은 적어졌다. 조금 더 건강한 방식으로 슬픔을 느낄 수 있게 된 것이다. 그 후로도 잠자리에서 눈을 감고 어린 여진이의 등줄기를 쓰다듬을 때마다, 내 안의 깊은 슬픔은 그렇게 점점 더 사그라들어갔다.

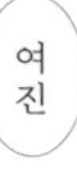

심장에게 말을 건네다

“사랑합니다. 감사합니다. 미안합니다. 용서하세요.”

2년 전, 지인의 소개로 호오포노포노를 알게 되었다. 호오포노포노는 하와이안의 전통적 문제 해결 기법이다. 모든 문제의 원인이 될 수 있는 자신의 ‘기억’을 정화하며, 자신의 무의식에 용서와 화해를 구하는 실천법이다. 네 개의 문장으로 기억을 반복 정화하는 이 명상법은 무척 단순하여 실천하기가 좋다. 무의식에 긍정의 주문을 거는 자기암시. 나는 아침 기상 후 머리를 감으며 하루의 시작에 밝은 에너지를 불어넣고 싶을 때, 출근길 공사장을 지나며 사고가 나지 않기를 바랄 때, 환자들의 한약 처방전에 사인하며 치료가 잘되기를 기도할 때, 마음속으로 이 치유의 문장들을 되뇌곤 한다.

한때, 아빠의 급격한 건강 악화 소식과 함께 직장에서의 일이 잘 풀리지 않던 시기가 있었다. 덜커덕, 덜커덕. 하루에도 몇 번씩 심장이 불규칙하게 뛰는 부정맥 증상이 생겼다. 불안함이 느껴졌다. 심장 때문에 불안한 건지, 불안함 때문에 심장이 말을 안 듣는 건지 알 수 없었다. 퇴근 후 집에 들어오면 몇 번이고 가슴을 누르며 진정되기를 기다리곤 했다. 아빠의 임종을 기점으로 몇 달간 심리적 스트레스가 이어져서일까. 과거에도 잠시 있던 증상인지라 다시 좋아지리라 생각하고 대수롭지 않은 마음으로 사라지길 기다렸지만, 증상은 더 심해질 뿐이었다. 나는 늘 그랬듯이 다시 호오포노포노를 하며 평온한 마음을 찾으려 애썼다.

"글 쓰며 회상했던 내 어린 시절의 아픔들을 정화할 기회를 주셔서 감사합니다. 사랑합니다. 미안합니다. 용서하세요. 흉부 증상에 대한 두려움, 아빠와의 사별에 대한 슬픔, 코로나로 장거리 여행을 떠나지 못하는 답답함, 반려자의 부재에 대한 허전함 등 나의 온갖 부정적인 감정들을 정화합니다. 사랑합니다. 감사합니다. 미안합니다. 용서하세요."

이렇게 속으로 되뇌고 나면, 나의 마음은 이내 호수처럼 잔잔해진다. 하지만 2퍼센트 부족한 무언가 있는 걸까. 며칠이 지나자 여전히 덜커덕 불규칙하게 뛰는 심장에 점점 더 힘들어지기 시작했다. 급기야 내과에서 심전도 검사를 해보았다. 심전도 그래프에 부정맥 사인이 보이니 심장 전문병원에서 정밀 검사를 해보라는 진단을 받았다. 하지만, 나는 내 마음의 문제가 아닐지 먼저 들여다보기로 했다. 공황장애의 경계선에 있는 심리적 증상일 수도 있다. 그렇다면 희망이 있었다. 한약을 복용하며 나 스스로를 본격적으로 치료해보고자 했다.

때마침 선배 범고래 님과 이야기를 나누었다. 자기최면을 배운 범고래 님은 담배를 끊었던 본인의 일화를 내게 들려주었다. 예전에 한참 금연을 시도하다가 매번 실패한 시기가 있었다고 한다. 범고래 님은 그날도 여느 때처럼 화장실에 앉아 담배를 피우며 책을 읽던 중이었다.

"화장실에서 피우는 담배는 기가 막히게 맛있거든. 책에서 무의식이 원하는 것을 물어보라더군요. 그래서 큰 소리로 말을 걸어봤지. '심장아, 너는 뭘 원하니?' 그 순간, 손가락 사이에 있던 담배가 뚝 떨어지더라고."

그날 이후로 범고래 님은 담배를 만질 수가 없었다고 한다. 무섭고 끔찍한 기분이 들어, 일부러 만지려 애써도 도무지 만지기가 힘들었다고 한다. 그날이 세계 금연의 날이었음을 뒤늦게 알게 되었다고 했다. 그 후로 범고래 님은 성공적인 금연을 10년 넘게 이어가고 있다. 본인 스스로 생각하기에도 참 놀라운 일이었단다. 그런 대화를 나누고 집에 가려는 나에게 범고래 님은 말했다.

"집에 가서 조용히 심장에 말을 걸어보세요. 심장아, 너는 무엇을 원해? 라고 말이에요."

내 무의식이 무언가를 말하고 싶어 하는 것일지도 몰랐다. 그야말로 심장으로 드러난 내 내면의 문제일 것이라고 믿고 있었기에 절박한 심정으로 자기최면을 시도해보기로 했다. 심호흡과 호오포노포노를 해보아도 말썽 일으키기를 쉬이 멈추지 않는 내 심장에게, 그날 밤에 나는 직접 말을 걸기 시작했다. 왼쪽 가슴 위에 손바닥을 댔다.

"심장아, 너는 뭘 원하니?"

"……."

두어 번 물어봤지만 묵묵부답이었다. 심장의 답을 듣는 일은 쉽지 않았다. 잠자리에 들기 위해 침대에 누운 나는 마지막으로 재차 시도했다.

"심장아, 너는 뭘 원하니?"

눈을 감은 채, 귀를 기울이고 계속 기다렸다. 20초가 지났을까. 놀랍게도 대답이 들려왔다.

"네가 너로서 행복해지는 것. 그뿐이야."

정신이 번쩍 들었다. 돌이켜보면 나는 그 시기에 외로움의 정도가 극도로 높아져 있는 상태였다. 타지 생활을 하며 친구들의 부재를 아쉬워했고, 직장에서는 잘하고 있는 걸까, 의문이 들면 누군가의 인정에 의지했다. 어린 시절에는 무서워 대하기 힘들었던 아빠가 돌아가신 뒤 아빠를 향한 연민과 그리움이 커졌다. 결혼하지 않은 딸을 늘 걱정하시다가 눈을 감았다는 사실에 미안한 마음까지 더해졌다. 나 역시 남들처럼 안정적인 가정을 이루고 싶다는 소망과 고독함이라는 감정에 빠져 허우적대고 있었다. 내 영혼은 나에게 '누군가에게 기대지 말고, 나 자신으로 행복해져라' 하고 조언했다. 놀라운 것은 그날 이후로 나의 부정맥 증상이 급격하게 좋아졌다는 사실이다.

충분한 시간이 지나지 않은 채, 너무 방심한 것일까. 일주일 후, 나는 내가 경험한 바가 너무 놀라워 이 일을 입 밖으로 꺼내고 말았다. 그런데 그때 자기최면이 풀리는 것을 두려워하던 감정이 싹텄기 때문인지, 그날 밤부터 증상이 재발했다. 좌절감을 느꼈다. 다시, 하루에도 몇 번씩 심장이 덜커덕, 덜커덕댔으니 말이다. 나는 처음처럼 간절한 마음이 되었다. 한약을 복용하면서 호오포노포노로 내 몸과 마음을 정화해도 마찬가지였다. 다시 날을 잡고 무의식과의 대화를 다시 시도했다.

"내 심장아, 나의 무의식아, 나의 영혼아, 너는 대체 무엇을 원하니?"

심장의 대답은 들리지 않았다. 나는 침대에 누운 채 온몸을 이완시켰다. 30초간 명상하며 대답을 한참 기다리다 보니 드디어 대답이 들려왔다.

"사실, 나는 지금 행복해."

"어? 뭐라고?"

다시 뒤통수를 맞은 듯한 기분이었다. 내 의식은 행복이 미래에 있다고, 곧 나는 행복해질 것이라고 착각 중이었다. 하지만 나의 무의식은 알고 있었다. 나는 이미 지금 충분히 행복하다는 것을. 나의 무의식은 내게 미래의 행복을 기다리는 그 마음이 잘못된 것임을 깨닫게 해주었다. 그 뒤로 거짓말처럼 부정맥 증상은 깨끗하게 사라졌다. 한약의 치료 효과와 자기최면의 효과가 동시에 작용한 것이라고 생각한다. 평온한 마음으로 행복을 충분히 느끼는 인생. 그것은 내가 의식적으로 끊임없이 노력해야 하는 지향점이 아니라, 이미 진즉에 실천되고 있던 현실이었다. 눈을 더 크게 뜨고 현실을 직시하면, 나는 지금 여기, 이 순간, 충분히 행복하다는 사실을 나의 무의식이 일깨워주었다. 나는 요즘 호오포노포노의 네 문장에 소중한 나만의 한 문장을 더 덧붙인다.

"사랑합니다. 감사합니다. 미안합니다. 용서하세요. 그리고, 행복합니다."

「

나의 동생 여주에게

」

낯가림이 심한 아이들. 숫기 없고 소극적인 착한 아이들. 소심하고 조용한 아이들. 그게 다가 아니라는 걸 우리는 너무 잘 알아서일까. 그런 아이들을 보면 아이들 내면에서 소용돌이치는 소리에 귀 기울이고 싶다는 마음이 들어. 주변 환경에 무신경하거나 편안함을 느껴 가만한 것이 아니라 좌절감과 불안감 속에서 반복되는 매일을 버티느라 소리를 내지 못하는 아이들. 그 아이들의 현실을 세상 사람들이 다 이해해주진 못하더라도, 나만은 알아주고 싶고 보듬어주고 싶다는, 그런 작은 욕심을 내고는 해.

애니메이션 〈인사이드 아웃〉을 본 적 있니? 영화에서는 주인공인 꼬마의 감정에 따라 기억의 구슬들이 알록달록 쌓여가. 기쁨은 노란색, 슬픔은 파란색, 분노는 빨간색, 혐오는 초록색, 두려움은 보라색. 내 기억의 구슬들이 담긴 유리병을 기울이면, 보라색과 파란색의 구슬들이 먼저 우수수 쏟아져 나올지도 모르겠어. 집에서는 누구보다 밝은 모습으로 뛰어놀다가도 유치원과 초등학교에 도착하는 순간부터 귀가하기 전까지는 말을 전혀 하지 않던 생활이 일상이었으니까. 얼마나 답답했는지. 집에서 오빠와 너랑 왁자지껄 뛰어놀던 순간들이 매일 얼마나 그리웠는지.

글을 쓰다 보면 파란색과 보라색의 기억 구슬들을 하나씩 끄집어보게 돼. 아직도 뇌리에 강하게 남아 있는 기억은 핫도그가 나왔던 간식 타임이야. 유치원 간식으로 자주 나왔던 핫도그에는 늘 하얀 설탕이 골고루 묻어 있었어. 퍽 달콤했지. 아이들은 다들 신이 나서 맛있게 먹는데, 나는 그걸 입으로 가져가는 일이 어찌나 힘겹던지. 너도 잘 알지? 억지스러운 동작으로라도 좋으니 나도 먹고 싶었어. 선생님이 내게 와서 먹으라고 한마디만 더 해줬으면 싶었지. 하지만 선생님의 재촉이 있어도 마지못해 핫도그 손잡이를 잡는 동작조차 어려웠지. 침이 꼴깍 넘어갔어. 내가 이 상황에서 어떻게 움직이면 좋을지 몰라 난감한 마음만 한가득. 그래서 늘 집에 가는 시간만 기다렸던 것 같아.

나는 쥰세이를,
헤어진 쌍둥이를 사랑하듯 사랑했다.
아무런 분별도 없이.

– 에쿠니 가오리,《냉정과 열정 사이》중

에쿠니 가오리의 소설책 중 내가 정말 사랑하는 구절이야. 어떻게 이런 표현을 할 수 있을까 싶어서 몇 번이나 읽었던 문장이지. 그 시절, 우리는 남들에게 말하지 못하는 그 비밀스러운 성장통을 공유하는 것만으로도 마음속으로 서로 의지가 되었겠지. 내 반쪽이 저기서 나랑 똑같이 침묵하는 외톨이가 되어 서 있는 것이 안타깝고 슬프면서도, 한편으로는 위안이 되었던 거야. 내 쌍둥이만은 내가 느끼는 감정들이 무엇인지, 왜 그렇게 어색한 행동들은 할 수밖에 없는지를 정확하게 알고 있었으니까. 굳이 내가 설명하지 않아도 말이지. 우리는 집에 와서 밖에선 전혀 아무 일도 없었다는 듯, 우리만의 신나는 놀이를 시작했지. 그때야말로 달짝지근한 사탕 같은 노란 구슬이 쌓이는 시간. 내 기억의 구슬이 조금이나마 더 알록달록해지는 시간.

어린 시절의 기억들을 회상하다 보면 그때의 자그마한 우리가 안쓰러워서 늘 조금은 먹먹해지고 말아. 하지만 유달리 길었던 우리의 그 시간 역시 우리가 오롯이 짊어지고 갔던 인생의 일부분인지라, 잊을 수도 없고 잊히지도 않아. 일종의 애정마저도 느껴지지. 이제는 웃으며 당당하게 이야기할 수 있음에 그저 감사할 뿐이야. 선택적 함구증을 심리학책에 나오는 이론으로 접한 게 아니라 실제로 겪은 사람으로서, 나는 그만큼 더 이 고통을 겪은 사람들을 이해할 수 있다고 믿어. 또 작은 징후만 보아도 누구보다 예리하게 발병의 가능성을 파악할 수도 있지. 조카의 모습을 관찰하며 문제점을 확인한 뒤 어떻게든 해결하고자 노력했던 우리였잖아. 이제는 그 성장통을 겪고 있는 아이들을 도와주고 싶어. 아이들의 기억 구슬이 더 알록달록 밝아질 수 있도록 말이야. 남들과 다른 경험을 통해, 더 많은 것을 바라보고 받아들일 수 있는 성인으로 자랐음에 감사하자. 이것이 어쩌면 이제 와 그 오랜 시간의 성장통이 전혀 헛된 것은 아니었다며 스스로 합리화하고픈 마음이라고 하더라도.

여주

•

공생

10여 년 전, 뚜렷한 거주지 없이 고시원을 전전하던 때가 있었다. 돌이켜보면 내 인생에서 가장 불안정하던 시기였다. 어른이지만 전혀 어른 같지 않은, 독립했지만 전혀 독립한 것 같지 않은, 그런 우중충한 나날들이었다. 뭐든지 할 수 있었던 창창한 청춘, 겨우 20대 후반이었는데 우중충했다니 왠지 애석하지만 말이다. 나는 그때, 치의학전문대학원을 졸업하고 경기도의 한 병원에서 수련 과정을 시작했다. 부모님의 경제적 사정이 매우 좋지 않았을 때였다. 일을 하다 아빠에게 문자가 오면 덜컥, 마음이 내려앉았다.

'여주야, 아빠 주유해야 하니 10만 원만 보내줘라.'

나는 아빠에게 그런 연락이 오면 눈살이 찌푸려지고, 괜히 부아가 치밀었다. 보통은 치과의사 면허증을 따자마자 안정적으로 돈을 벌 수 있으리라 생각하지만, 그 시절 수련의가 버는 돈은 그리 넉넉지 않았다. 월급이 들어오면 일부는 고시원 월세로, 일부는 카드값으로, 일부는 결혼 자금용 목돈을 모으기 위한 적금 통장에 들어갔다. 그러고 나면 통장 잔고는 눈 깜짝할 사이에 사라졌다. 나의 사정을 아는지 모르는지 아빠의 문자는 내 속을 부글부글 끓게 했다. 하지만 별도리가 없었다. 나는 마뜩지 않은 마음으로 송금을 하고 쌀쌀맞게 문자를 보냈다.

'네. 보냈어요.'

아빠의 문자는 잊을 만하면 도착했다. 그 당시 내 마음 한구석에는 아빠에 대한 원망이 걷잡을 수 없이 부풀어 오르고 있었다. 돈을 좇으며 사는 동안엔 엄마를 힘들게 했고, 그 돈을 깡그리 잃고 빚만 남긴 후엔 엄마를 더 힘들게 만든 아빠였다. 가끔 마음이 답답할 때는 언니에게 메시지를 보냈다. 아빠한테 돈을 보내달라는 연락이 자꾸 와서 화가 난다고. 회사를 다니던 언니는 내가 송금할 테니 너는 가만히 있으라며 나의 짐을 대신 짊어 주기도 했다.

내가 생각한 20대 후반의 모습은 이게 아니었다. 현실의 벽을 하나 넘고 나면 한숨 돌릴 틈도 없이, 새로운 벽이 또 나타나 나를 막아섰다. 편히 발 뻗고 쉴 수도 없는 고시원으로 돌아오면 더 숨이 막혔다. 얇은 벽들 사이로 서로의 기침 소리, 책장 넘기는 소리, 통화 소리가 넘나들었다. 퇴근은 했지만 내 핸드폰은 밤에도 예외 없이 울려댔다. 병원에서는 구강악안면외과 수술로 입원한 환자들에 대한 보고와 질문들로 수시로 콜이 왔다. 주변에 피해를 줄까 봐 소음을 만들지 않으려는 노력, 병원에서 언제 콜이 올지 모른다는 불안감, 입원 환자의 전신마취 수술 스케줄을 빨리 앞당겨 잡아내라는 압박 등으로 편치 않은 밤을 보내고 나면 다시 아침이 찾아왔다.

더 이상 이렇게 지내기는 힘들다는 한계점에 도달했을 때, 결혼 자금 적금을 포기하고라도 원룸을 알아봐야겠다고 다짐했다. 하지만 겨우 누울 자리 하나 있는 방인데도 어찌나 비싸던지, 나의 예산으로는 어림도 없었다. 그러다 운명처럼 월세 40만 원짜리 반지하 원룸을 만났다. 주택 현관문을 열고 들어가 좁은 계단을 내려가면 작은 원룸 3개가 다닥다닥 붙어 있었다. 도배한 지 얼마 안 돼 보이는 하얀색 벽지가 반지하의 습함을 가려주었다. 착시효과였을 뿐인데, 평소의 우유부단함은 어디로 갔는지 나는 고민 없이 결단을 내렸다. 반지하면 어떠랴. 고시원에 살다가 그런 곳을 가니 숨통이 트였다. 옆방과의 방음이 잘 되지 않아 신경이 쓰였지만 그 또한 고시원에 비하면 감지덕지였다. 병원까지의 출퇴근길도 운동 삼아 걷기 딱 적당한 거리였다.

당시 경상도에서 군복무 대신 공중보건의를 하던 남자 친구는 장거리 연애치고는 꽤 자주 나를 보러 올라왔다. 고시원에서 원룸으로 옮겼을 때 나보다도 그가 속으로는 더 기뻐하지 않았을까 싶다. 그가 있던 보건소는 교대 근무 체제였기 때문에 3, 4일간 근무를 연속으로 쉬던 때도 있었다. 그 당시에는 수련의의 월급보다 공중보건의의 월급이 훨씬 적었다. 아마 그는 내가 있는 곳에 오가기 위한 교통비로 월급 대부분을 썼을 것이다.

외롭고 힘든 수련의 생활을 하다가도 그가 올라오면 이산가족 상봉하는 마음이 되어 조금 안정을 찾았지만, 한편으로는 식비와 데이트 비용을 대부분 내가 감당해야 했기 때문에 통장에 넣을 수 있는 돈은 점점 줄어갔다. 그가 경기도로 올라와 있을 때면, 퇴근길에 나를 마중 나왔다. 우리는 동네 맛집들을 다양하게 찾아다녔다. 특별한 음식을 사 먹고 집으로 돌아가는 길에는 하늘의 달을 보며 아빠를 떠올렸다. 아빠는 내가 보낸 돈으로 주유를 했을까, 혹시 쓸쓸하게 술을 마시고 있는 것은 아닐까. 생각 끝엔 슬그머니 아빠에 대한 죄책감이 들었다. 남자친구와 데이트하는 데 쓰는 5만 원은 아깝지 않았는데, 아빠에게는 같은 금액을 보내도 너무 큰돈으로 느껴지고 한없이 마음이 불행했다.

그렇게 남자 친구가 며칠 취식하다 지방으로 내려가면 나는 다시 혼자였다. 마음만 먹으면 두어 시간 걸려 본가에 갈 수도, 친구를 만날 수도 있었다. 하지만 내겐 그럴 만한 심적인 여유가 없었다. 거의 매일 오는 병원 콜, 수술 전후 처리, 세미나 준비, 그리고 안정되지 않은 나의 상황……. 육체적으로도 버거웠지만 정신적인 스트레스가 극심했다. 주변 사람들은 그렇게 힘들면 병원을 그만두는 것이 어떻겠느냐며 나를 설득했지만, 수련을 하려면 응당 겪어야 하는 일이라고 나를 다잡았다. 처음에는 감사했던 반지하의 방도 장마가 찾아오자 천장 곳곳에 곰팡이가 피어났다. 눅눅한 공기는 그나마 조금 남아 있던 내 기운마저 빼앗아갔다. 습하고 작은 내 공간에 누워 천장의 곰팡이를 바라볼 때면 나는 언제쯤 쾌적한 곳에서 살 수 있을지를 자주 생각했다.

그러다 사건이 발생한 것은 어느 가을날이었다. 화장실에 가려는데 이상한 느낌이 들었다.

"까악!"

변기 뒤쪽에 커다란 갈색 곤충이 있었는데, 생김새가 언뜻 귀뚜라미 같았지만 무언가 달랐다. 나는 곤충을 극도로 무서워한다. 마침 남자 친구가 있을 때였다. 무슨 일이냐며 급하게 화장실로 뛰어온 그도 그 곤충을 보고 소스라치게 놀란 듯했다. 어떡하지? 저게 뭐지? 우왕좌왕하며 살충제를 겨우 찾아 뿌리고 상황이 일단락은 되었지만, 나는 하루 종일 그 존재에서 헤어나지 못했다. 그 곤충이 우리 집에 알을 까놓았으면 어쩌지, 라는 생각에 머리카락이 쭈뼛 섰다. 생각 끝에 그 곤충이 아무래도 꼽등이 같다는 결론에 이르렀다. 당시 영화 〈연가시〉를 촬영 중이라는 기사들을 본 터라 더 그렇게 생각했을 테다. 나는 틈만 나면 꼽등이, 연가시를 검색했다. 꼽등이 안에는 연가시라는 기생충이 살고 있어서 밟거나 눌러 죽이면 안 되고 변기에 버리는 게 좋다는 글을 보았다. 지식백과를 찾아보니 나의 공포심은 더욱 증폭했다.

'연가시 유충은 메뚜기목 곤충 몸 안에 들어가 어느 정도 자라면 신경전달물질을 분비해 숙주곤충을 조종, 물가로 유인해 자살을 유도한다. 이때 연가시는 곤충의 몸에서 나와 물속에서 생활한다.'

나는 남자 친구에게 전화해 흥분하며 얘기했다.

"그 곤충이 꼽등이인 것 같은데. 변기에 버리지 않아서 어쩌지? 기생충이 나오면 어떡하지?"

그는 이미 지난 일이라며 잊으라고 했다. 계절이 바뀌면서 꼽등이는 잊었지만, 반지하 방을 벗어나고 싶다는 생각은 더욱 강해졌다.

어쨌든 시간은 강물처럼 흘렀다. 수련의 생활이 끝나자마자 우리는 결혼해 부산에 내려와 신혼집을 차렸다. 여전히 우리는 월셋집을 벗어날 수 없었지만 전에 살던 곳과는 주거 환경의 차원이 달랐다. 투룸 오피스텔이었고 무엇보다 반지하가 아니었다. 지금도 간혹 10여 년 전 그 시절을 남편과 함께 회상한다. 그때 그게 꼽등이가 맞는 것 같지. 응, 맞는 것 같다. 꼽등이 안에 연가시가 기생한다고 해서 무서웠는데, 그때 우리 집에 기생하는 것이 또 있었지. 뭐? 무슨 기생충? 바로 당신. 내 돈으로 먹고살았지. 하하, 그게 무슨 기생이고, 그건 공생이다. 대신 지금은 찍소리 안 하고 열심히 돈 벌어온다 아이가.

우리는 그때 먹었던 음식들을 나열하며 한동안 추억에 빠졌다. 그 시절 내 삶은 반지하 집처럼 축축하고 어두웠다. 그럼에도 나에게 기생, 아니 나와 공생했던 그가 있었다. 우울하고 외로운 나날들 사이사이, 먼 거리를 고속버스를 타고 달려와 안정제 같은 역할을 해주었으니 개미와 진딧물 관계보다 더 진한 공생이었다. 매일은 아니어도 자주 따뜻하고 맛있는 음식들을 먹을 수 있었고, 거리는 멀었지만 날 응원해주는 가족과 지인들이 있었다. 우울하고 외로운 날이 많았지만 주어진 삶에서 최선을 다한 시간이었다. 병원 일은 버거웠지만 다양한 임상 사례를 겪었고 배운 것도 많았다. 다만 딱 한 가지 마음에 걸리는 것이 있다. 다시 그때로 돌아간다면,

아빠에게 돈을 보내면서 조금 더 따뜻하게 답 문자를 해 주고 싶다.

'아빠, 돈 넣었어요. 더 드리고 싶지만 못 드려서 속상하네요. 요즘 병원 생활도 힘들고, 돈도 빠듯하네요. 그래도 오늘은 맛있는 거 먹으며 스트레스 풀려고요. 아빠도 잘 챙겨 드세요. 힘내세요. 사랑하는 아빠, 파이팅!'

지나고 나야 알게 되는 것들이 있다. 사라지고서야 후회되는 것들이 있다.

여주

•

얼음땡

초등학교 3학년이 된 이후로 나는 내내 상상했다. 이 학교를 벗어나기만 한다면, 나를 아무도 모르는 곳으로 가기만 한다면…… 말할 수 있을 것만 같았다. 그런 상상을 하면 도곤도곤 가슴이 기분 좋게 뛰기도 했다. 5학년이 되었을 때는 '이제 2년 남았다. 여기만 졸업해봐라' 하고 벼르는 심정까지 되었다. 그 당시 우리 반에 유독 나에게 짓궂게 구는 남자아이가 있었는데, 그 아이는 나에 대해 꽤나 잘 안다는 듯 다른 아이들 앞에서 내 이야기하고는 했다.

"우리 형이 걔네 오빠랑 같은 반이거든. 근데 걔네 쌍둥이 집에서는 오빠랑 레슬링하면서 엄청 시끄럽게 논대."

그 말을 들은 아이들은 하나같이 믿을 수 없다는 표정으로 대꾸했다.

"진짜? 레슬링을 한다고? 야, 근데 너 왜 학교에서는 말 안 하냐?"

그 아이는 마치 우리 반 최대의 비밀을 자기만 안다는 듯, 조금 우쭐대며 여기저기에서 그 이야기를 떠들어댔다. 아이들 사이에 그런 대화가 오갈 때조차 무표정했던 나. 그때 내가 느낀 기분은 사실 당혹스러움이 아니었다. 의외로 정반대였다. 다들 나를 보고 왜 말을 못하냐고 한심하다는 듯 놀려댔는데, 마치 그 아이는 나 대신 열심히 변호하고 있는 것처럼 보였다. 나도 말할 수 있다고. 신나게 놀 수 있다고. 은근히 나도 그 아이의 수다를 즐기고 있었나 보다. 지금 생각해보면 그 아이는 나에게 어떤 위안을 주었다.

실제로 "우리 아이는 원래 말을 잘 안 해"라는 말 대신 "우리 아이는 낯설거나 불편해서 말을 잠시 안 하는 거야. 집에서는 시끄럽게 잘 놀아. 시간이 남들보다 조금

걸릴 뿐이야. 기다려봐, 곧 수다쟁이가 될 거야"라는 말 한마디가 용기를 줄 수 있는 것 같다. 어린 시절 나와 같이 불안 장애를 겪는 아이들은 그 어떤 아이들보다 자신에 대한 이러한 설명에 귀를 기울이고 있으니까…….

5학년이 되었을 때 '얼음땡'은 우리 반 최대 유행 놀이였다. 몇몇 아이들은 방과 후에도 운동장에 남아 격렬하게 땀을 흘려가며 얼음땡을 했다. 말을 하기도 힘들고, 얼음땡을 할 정도로 자유롭게 뛰어다니는 것은 꿈도 꿀 수 없었으니 어차피 나와는 먼 이야기였다. 수업이 끝나면 학교를 빨리 벗어나고 싶은 마음뿐이었다. 그러던 어느 날, 같은 반 아이가 "여주야, 너도 학교 끝나고 얼음땡 같이 하자!"라며 퍽 자연스럽게 얼음땡의 세계로 날 초대했다. 싫다고 하자니 거절할 핑계가 없었다. 설령 핑계가 있었다 해도 설명하지 못했으리라. 얼음땡에 참여하기로 한 대여섯 명의 아이들은 수업이 끝나자 학교 근처의 한 아파트 단지 놀이터로 향했다. 나는 이 상황이 매우 어색했다. 당연히 평소처럼 아이들과 대화하지는 않았다. 하지만 그 시끌벅적한 무리에 섞여 걷다 보니 생각보다 기분이 괜찮았다. 마치 이전부터 내가 이들 구성원 중 하나였던 듯 아이들과 함께 있는 것이 자연스럽게 느껴지기까지 했다.

놀이터에 도착하니 아이들이 책가방을 벗어 벤치 위에 차곡차곡 놓기 시작했다. 나의 책가방도 다른 아이들의 가방 사이에 자연스럽게 포개어졌다. 가위바위보. 술래가 정해지고 얼음땡이 시작되었다. 아이들은 열심히 뛰기 시작했고, 덩달아 나도 가만히 있을 수만은 없으니 있는 힘을 다해 뛰었다. 저기 술래인 아이가 나를 향해 뛰어오는 중이다. 나도 달리기에는 꽤 자신이 있는데, 저 아이는 빨라도 너무 빠르다. 그 아이와 나의 거리가 점점 좁아지는 긴박한 상황. 술래가 손을 뻗으려는 순간, 내 입에서는 나도 모르게 "얼음!" 소리가 나왔다. 아마 얼음 소리는 기어들어 갔겠지만, 그대로 멈추는 동작만큼은 그 누구보다 아주 잘했을 테다. 처음으로 '얼음'이라고 내뱉는 나의 목소리를 들은 술래 아이는 바로 몸을 돌려 다음 목표물을 찾아 떠났다. 우리 편의 다른 아이가 와서 내 어깨를 툭 치며 "땡!"을 외쳤다. 고마운 우리 편. 나는 그 순간, 자유로워진 몸으로 더 힘차게 도망 다녔다. '땡'이라는 한 글자에는 마치 마법의 힘이 있는 것 같았다. 나는 그날 수십 번의 얼음과 수십 번의 땡을 외쳤다.

내 입에서 말이 나오면, 아이들이 어리둥절해할 거라고 예상했다. 언젠가부터 늘 그것이 가장 큰 두려움이었다. 나는 같은 반 아이들에게도, 선생님에게도 늘 '말을 안 하는 아이'니까. 그러나 아이들은 그날 입을 연 나를 보고 웃거나 놀라거나 황당해하지 않고 자연스럽게 얼음땡을 이어갔다. 그때 만약 함께 있던 아이가 "엇, 얘가 갑자기 말을 하네? 너 말 안 하는 애 아니었어? 또 해봐. 얘들아, 이리 와봐. 여주 지금 말했다!"라고 했다면, 나는 끝내 학교에서 입을 떼는 일을 포기하고 말았을 것이다. 그렇게 한참 동안 놀이터를 사방으로 뛰어다니며 얼음땡을 하다 보니, 금세 날이 어둑해졌다. 아이들이 이제 집에 가자는 말을 했을 때 나는 조금 머쓱해져 버렸다. 방과 후에 친구들과 놀아본 것도 처음이었고, 그렇게 늦은 시간 집에 들어가기도 처음이었으니까. 책가방을 챙겨 들며 어색하게 안녕, 인사를 대충 하고 집으로 가는 발걸음이 급해졌다.

'집에서 할머니랑 언니가 나를 기다리고 있을 텐데. 얼른 가서 언니에게 말해줘야지. 입을 열어도 생각보다 아이들이 날 이상하게 여기지 않는다고.'

나는 그다음 날부터 얼음땡을 했던 몇몇 아이들과는 학교 교실에서도 작은 목소리로 조금씩 말을 하기 시작했다. 학교라는 공간에서 갑작스럽게 말을 하는 것도, 얼음땡을 하던 아이들 앞에서 다시 갑작스럽게 말은 안 하는 것도 모두 어색했다. 애매한 상황이었지만 내 안의 얼음은 조금씩 녹기 시작했다. 나는 더 이상 학교에서 언제 끝나나, 하고 시계만 쳐다보는 아이가 아니었다. 5학년이 끝나가고 6학년이 되기 직전, 나는 처음으로 개학식이 두근두근 설레었다. 이제 나도 조금은 평범한 학교생활을 맞이할 수 있으리라는 확신이 들었다.

초등학교의 마지막 학년이 시작되던 날, 나는 드디어 학급 친구들 앞에서도 입을 열고 평범하게 학교생활을 시작했다. 학교가 이렇게 재밌을 수도 있다니. 이제 나에게 학교는 더 이상 도살장에 끌려가듯 억지로 가는 곳이 아니었다. 6학년이 되어서도 여전히 낯을 많이 가리고, 숫기가 없어 남들 앞에서 발표도 제대로 못하는 아이였지만, 다른 사람들과 소통하며 학교생활을 하게 되니 그전과는 완전히 다른 세계가 펼쳐졌다. 준비물을 안 가져온 날 같이 쓰자고 짝꿍에게 말할 수 있게 된 것, 주변 아이들의 농담에 미소 지으며 대꾸할 수 있게 된 것,

조별 과제를 할 때 나의 의견을 조금은 표현할 수 있게 된 것. 몇 년 동안 꿔다 놓은 보릿자루 같았던 나에게 6학년이 되어서야 진정한 학교생활이 시작된 것이다.

유아기 때부터 시작됐어야 할 또래 아이들과의 사회생활을 10대에 접어들어서야 시작했으니, 모든 관계들이 순탄하지만은 않았다. 나는 청소년기에 친구와의 관계가 끊어질 것이 두려워 부정적인 표현은 참고 친한 사이를 유지하려고 극도로 애썼다. 겉으로 밝고 좋은 점만 내보이려 했다. 자칫 잘못하여 다시 외톨이가 되어버릴까 봐 두려웠다. 별일 아닌 문제에도 친구들과의 관계가 조금 변했다 싶으면 종일 고민하고 눈치를 보았다. 그러다 보면 어느 날은 내 안에서 부정적인 감정들이 쌓여 펑 터져버리기도 했다. 어떤 날은 펑펑 울기도, 마음의 문을 닫기도 했다. 그렇게 한 번씩 터지고 나면 한번 크게 앓은 아이처럼 나는 조금 더 자라 있었다. 인간관계에서 어떻게 내가 중심을 잡고 지내야 하는지를 차츰 깨달아갔다. 그리고 내게도 친구들과의 보석 같은 추억들이 쌓여갔다. 어른이 된 지금도 나는 여전히 천천히 성장하는 중이다.

여주

•

혼자 노는 것도 나쁘지 않다

“나는 혼자 논다”로 시작되는 동화책이 있다. 그 첫 문장은 내 마음을 사로잡았다. 백희나 작가의《알사탕》. 아무도 없는 놀이터 구석에 주저앉아 혼자 구슬치기를 하고 있는 어린 동동이의 모습을 보고는 동병상련의 마음이 되어서 뒷장은 보지도 않고 책을 계산대로 가져갔었다. 물론, 어린 시절의 나는 혼자 엎드려 구슬치기조차 하지 못하는 성격이었지만. 아무튼 나도 동동이처럼 친구가 없었으니까.

동동이가 알사탕을 먹을 때마다 평소에는 들리지

않던 사람이나 사물의 목소리가 들린다. 동동이가 잔소리 많은 아빠의 턱수염처럼 검은 점이 콕콕 박힌 알사탕을 먹는다. 그러자 아빠가 동동이를 사랑하는 속마음이 들려온다. 풍선껌 사탕에서는 하늘나라의 할머니 목소리가 들려오고, 그다음 붉은 사탕에서는 단풍잎들의 인사 소리가 들려온다. 그 소리를 따라가 보니 멀리 한 아이가 보인다. 마지막 투명 사탕을 먹고는 아무 소리도 들리지 않자 동동이는 그 아이에게 다가가서 얘기한다.

"나랑 같이 놀래?"

나는 그 동화책의 감동이 쉬이 가시지 않은 상태에서 뮤지컬 소식을 접하게 되었다. 한 치의 망설임도 없이 곧바로 티켓 두 장을 예약했다. 둘째가 젖먹이라 갈 수 없어 남편과 빈이만 들여보냈다. 어린이 뮤지컬에 전혀 관심이 없던 남편은 반강제로 가게 된 셈이다. 뮤지컬을 보고 온 남편에게 어땠느냐며 감흥을 물으니, 평소처럼 무덤덤한 말투로 대답했다.

"진짜 감동적이었다."

부산 사람 중에서도 꽤 무뚝뚝한 편에 속하는 그의 입에서 '감동적'이라는 말이 나오기는 쉽지 않기에 다행이다 싶었다. 나는 개구쟁이처럼 웃으며 물었다.

"자기, 설마 운 거 아냐?"

그는 말이 없었다.

"엇? 진짜 울었구나?"

"내도 몇 번 눈물이 나더라. 니 생각이 나대. 니 어린 시절이……."

내가 남편을 만났던 건 20대 후반, 이미 그때 나의 겉모습에는 어린 시절의 고립된 흔적이 없었다. 남편은 늘 나의 과거 얘기를 한 귀로 듣고 한 귀로 흘리는 게 전부였다. 무관심한 것만 같던 남편이 나의 어린 시절을 공감해주자 조금 가슴이 찡해졌다. 뮤지컬을 보지 못한 아쉬움을 달래려고 음원 사이트에서 노래들을 찾아 들었다. 아들과 한참을 흥얼거리며 따라 부르다 그만, 나도 모르게 울고 말았다.

"나랑 같이 놀래?" 로 끝났던 책과 달리 뮤지컬에서는 "나랑 같이 놀래? 나랑 같이 놀래? 학교 갔다 뭐 심심하면 우리 집에 놀러 와도 돼"라고 노래 부르고는 동동이의 혼잣말이 이어진다.

"잘했어. 동동이. 처음 해본 거잖아. 그런데 목소리가 조금 작았지? 우리 구슬이처럼 조금 더 크게 말해보는 거야. (……) 목소리를 더 크게 내자. 나는 할 수 있어.

나랑 같이 놀래?"

동동이는 태어나 처음 해본 그 한마디, "나랑 같이 놀래?"를 입 밖으로 꺼내기 위해 얼마나 많은 용기가 필요했을까. 겨우 용기를 내어 한마디를 내뱉고는 목소리가 너무 작은 것은 아닌지 고민하는 동동이가 기특하고 안쓰러워서 나는 눈물이 핑 돌았다. 다시 한번 힘을 내 큰 소리로 말을 내뱉었을 때 비로소 동동이 마음속에 가득 자리 잡고 있던 불안이 조금은 줄어들었을 테다. 사탕을 먹으면서 동동이는 다른 대상의 속마음을 들었고, 관계를 위해 말을 하는 게 중요하다는 사실을 서서히 깨달았을 것이다.

초등학생 때 엄마는 매년 우리 쌍둥이의 생일이 되면, 얼마든지 생일잔치를 해줄 테니 친구들 좀 데리고 오라고 했다. 그러나 우리는 당연히 둘 다 초대할 친구가 늘 없었다. 누군가를 집에 초대하고 싶은 마음은 전혀 들지 않았다. 집이라는 우리만의 안정적인 공간으로 누군가를 데리고 오고 싶은 욕구는 눈곱만큼도 없었다. 그러던 중 우리는 5학년이 되었고, 속셈 학원을 다니기 시작했다. 여전히 입을 꾹 닫은 채로 지냈지만, 그 무렵이 되자 제법 머리가 커졌었나 보다. 그 시기에 우리를 아는 사람이 없는 장소에서는 말을 할 수 있을 것 같다는 자신감이 조금 생겼다. 그 속셈 학원은 다행스럽게도 우리 초등학교와 꽤 거리가 있어서 아는 아이들이 한 명도 없었다. 마침내 그 학원에서 우리는, 학교에서와는 다른 사람인 양 아이들과 말을 하기 시작했다. 드디어 생일날, 생일잔치를 위해 다섯 명의 친구들을 집에 초대했다. 한 번도 해본 적 없는 말이기에 꽤 쑥스러웠다.

"며칠 뒤에 우리 생일이거든. 주말에 우리 집에 놀러 올래?"

엄마는 그날 일하는 시간을 조금 조절하고 장을 봐왔다. 점심시간에 맞춰 김밥, 떡볶이, 음료수, 과자, 케이크를 한 상 가득 준비해주었다. 딸들의 친구들과 함께하는 생일 파티. 엄마에게는 처음 있는 일이었다. 엄마는 그때 무척 행복한 마음으로 그 상을 준비했을 것이다. 비로소 딸들이 친구를 사귀다니. 다른 엄마들에게는 평범했을 일이, 우리 엄마에게는 꽤 큰 소망이었는지도 모른다.

〈알사탕〉 뮤지컬이 다시 전국투어를 한다는 소식이 들려왔다. 이번에는 나를 위한 표를 예매했다. 아마 꽤 많은 눈물을 흘릴 것이다. 어린 시절의 기억 속으로 들어가는 발걸음이 가볍지만은 않지만, 분명 나는 흠뻑 위로받고 올 것이다. 상처에 작은 밴드 하나 정도는 붙이고 올 것이다. 손수건을 두둑이 챙겨 가야겠다.

여주

•

오줌싸개

바닥에 수놓아진 울긋불긋한 낙엽들을 보며 가을이 왔구나 싶었는데 며칠 만에 기온이 뚝 떨어지더니 초겨울이 시작되었다. 낙엽을 밟으며 기억을 따라가다 보면 문득 가슴속이 차가워진다. 그 시절 늘 혼자였던 어린 소녀가 떠올라서 말이다. 계절은 바뀌는데 내 기억 속 그 아이는 계속 겨울에 머물러 있는 것만 같다. 나는 가끔 궁금하다. 내가 아닌 다른 사람들은 어린 시절의 추억을 떠올릴 때면 어떤 기분이 들까? 행복할까, 포근할까? 쓸쓸할까, 슬플까? 나에게는 '추억'이라는 단어보다는 '기억'이라는 말이 맞겠다. 가끔 그 기억을 꺼내보는 것일 뿐이니.

얼마 전, 영화 〈테넷〉을 보며 생각했다. 나는 과거로 돌아가고 싶은 마음이 추호도 없다. 하지만 이렇게 시공간을 넘나드는 영화에서처럼 과거로 거슬러갈 수 있다면 딱 한 순간만 어린 시절로 돌아가고 싶다. 아주 잠시만. 영화에서는 과거의 자신과 마주치면 자신이 소멸한다지만, 그런 일은 없길 바라며.

나는 일곱 살 그 소녀를 만나러 갈 테다. 저 멀리 학교 정문을 나서는 작은 소녀가 보인다. 소녀가 놀라지 않게 다가가 따뜻한 눈길로 바라보며 말을 건넨다.

"안녕, 내가 누군지 알겠어? 나는 어른이 된 너야. 낯설지? 잘 봐봐. 여기 이마에 폭 파인 상처. 연해졌지만 아직도 있지? 나는 여주야."

소녀는 무슨 상황인가 싶어 잠시 눈만 깜빡인다. 나를 온전히 받아들이지는 못했지만 불안한 눈빛으로 어색하게 고개를 까딱하며, 인사를 해준다. 나는 가만가만 소녀의 어깨를 토닥여주며 이야기한다.

"학교 다니기 시작하면서 아무렇지 않게 말을 하고 싶었는데, 유치원에서랑 똑같이 말이 안 나와서 많이 답답하고 속상하지?"

소녀의 눈빛이 흔들린다. 동그란 두 눈 가득 차오르려는 눈물을 애써 참으며 내 말에 귀 기울인다.

"괜찮아, 괜찮아. 내가 30년 넘게 살아봤는데, 조금 오래 걸리긴 했지만 너는 점점 나아져. 낯설고 불안한 사람들로부터, 불편한 상황들로부터 너는 조금씩 안정을 찾을 수 있어. 아무것도 아닌 일들이 모두 너를 무섭고 힘들게 하지? 너무 걱정 마. 시간이 흐르면서, 네가 점점 어른이 될수록 네 안의 두려움은 점점 작아져. 결국 너는 나처럼 말도, 표정도 평범해질 수 있어. 내가 뭐 하나 보여줄까?"

나는 내 핸드폰을 꺼내 친구들과 우르르 모여 찍은 사진을 보여준다. 사진 속 나는 함박웃음을 짓고 있다. 아이는 사람들 사이에서 평범하게 웃고 있는 자신의 미래가 믿기 힘든지 사진만 빤히 바라본다. 주어진 시간은 너무도 짧다. 우리가 헤어져야 하는 순간, 나는 아이에게 "안녕" 하고 인사를 건네며 쪽지 하나를 건넨다.

남들보다 1년 일찍 입학해 일곱 살이었던 초등학교 1학년 시절, 힘든 일들이 넘쳤지만 그중 으뜸은 생리적인 일이었다. 수업 시간에도 번쩍 손을 들고 "선생님, 저 화장실 다녀올게요"라고 말할 수 있는 아이들이 그렇게 부러울 수가 없었다. 특히, 내가 온 힘을 다해 소변을 참고 있을 때, 한 아이가 그렇게 외치고 화장실로 달려가면 내 마음속 좌절감은 더욱 커졌다. 지금 이 자리에서 오줌을 싸게 되면 어쩌나, 불안감도 함께 커져만 갔다. 저 아이를 따라 나도 뛰어갈 수 있다면 얼마나 좋을까.

어느 날 나는 급기야 종례시간에 의자에 앉은 채로 소변을 싸고 말았다. 실수를 해버린 그 당혹스러웠던 순간은 기억나지만, 이후 그 소변을 어떻게 처리했는지는 기억 속에 남아 있지 않다. 불행인지 다행인지 소나기가 내리는 날이었다. '제발, 비야, 더 쏟아져라. 내 바지 좀 적셔줘'라고 빌면서 저벅저벅 빗속을 걸었다.

그런 날이면 나는 집으로 돌아와 언니나 할머니에게 그 속상함과 당혹스러움을 말했을까. 역시 기억나지 않는다. 집에서는 일부러 학교의 기억을 떠올리지 않았는지도 모른다. 확실히 기억나는 것은, 그런 실수담을 엄마에게 얘기하지 않았다는 것 정도. 엄마의 퇴근은 늘 늦었기에 말할 시간도 없었지만, 또 엄마가 그 사실들을 알게 되면 엄마 속이 새카맣게 타버릴 일이 걱정되기도 했던 것 같다. 엄마는 속상한 마음에 그런 말도 못 하는 나를 탓할 것만 같았다. 그때, 엄마에게 수업 시간에 갑자기 오줌이 마려워지면 선생님께 손들고 화장실에 가겠다고 말하는 일이 힘들다고, 오늘 오줌을 싸서 창피했노라고, 소나기는 싫지만 오늘만큼은 소나기가 고마웠노라고, 그렇게 이야기할 수 있었다면 나의 얼어 있던 마음이 조금은 녹았을까.

오줌에 관한 유쾌하지 못한 기억 때문인지, 아들이 유치원차량에서 내리자마자 화장실로 뛰어가며 바지를 적시는 날에는 자주 신경이 곤두섰다. “빈아, 오줌은 절대 참으면 안 되는 거야. 하원 차량 타기 전에 꼭 화장실을 가. 그건 부끄러운 게 아니니까 다른 친구들처럼 선생님한테 얘기해.” 그건 아들에게 하는 말이자, 어린 시절의 나에게 하는 얘기였다.

지나고 나서 보니 그때의 내가 힘들었던 것은 말뿐만이 아니었다. 할 수 없는 것이 너무 많았다. 화장실은 쉬는 시간에 가야 한다는 규칙을 어길 자신이 없었다. 더군다나 쉬는 시간에 화장실을 가는 것도 쉽지 않았다. 의자에서 일어나는 것부터 화장실 가는 것, 다시 내 자리에 앉는 것 모두 내게는 곤욕이었다. 다른 친구들의 일탈과 실수는 충분히 그럴 수 있는 일이었다. 관대했다. 그러나 나의 일에서는 아니었다. 내가 세운 테두리가 너무도 많았고 견고했다. 그 틀 안에서 나만의 학교생활을 했고, 나는 늘 숨이 막혔다. 그렇게 하루를 겨우 버티고 나면 집으로 갈 시간이 돌아왔다. 젖은 바지가 가방으로 가려지길, 아는 사람을 마주치지 않길 바라며 열심히 걷던 일곱 살 소녀에게 단단한 테두리를 지울 수 있는 유일한 안식처는 집이었다.

과거의 소녀는 집에 도착하고 나서야 나에게 받았던 쪽지를 주머니에서 꺼내 펼쳐 읽는다.

'괜찮아. 잘하고 있어. 네가 잘못된 것이 아냐. 못난 것이 아냐. 점점 용기가 생길 거야. 너는 사랑스럽고 소중해.

추신-화장실은 수업 전에 미리 갈 것.'

장지 가는 길

새해 동이 붉게 트는데
각자 다른 슬픔들이 덩그러니 앉아 있다

흔들리는 버스 안에서
원망이 사라지고
슬픔이 차오른다
눈물이 차오른다

꾸벅꾸벅

눈을 뜨니
어느새 반짝
여기는 하얀 눈의 세상

버스 짐칸을 열고
슬픔들이 모여
영차,
아빠의 미련을 내린다

아빠의 장례식을 치르고 장지로 가는 길에, 며칠 잠을 설쳐 몽롱한 상태로 머릿속 글자들을 나열해 엄마에게 드릴 시를 하나 지었다. 아빠는 항암 후 내가 보낸 응원의 메시지와 손주들의 동영상을 확인하지 못한 채 세상을 뜨셨다. 아빠와 주고받은 카톡 대화창의 숫자 1은 영원히 사라지지 않을 것이다.

한 해가 마무리되어가는 12월 30일. 그날은 아빠의 소식을 접하기 전부터, 아무 이유 없이 아침부터 눈물이 멈추지 않았다. 단단히 고장 난 수도꼭지 같았다. 아빠가 응급실에 실려가 있다는 연락을 받았을 때 내 눈은 이미 퉁퉁 부어 있었다. 그동안의 험난했던 투병 생활이 무색하리만큼, 급격하게 모든 것이 악화되었다. 한 해의 마지막 날, 내가 기차와 택시를 타고 급히 병원에 도착했을 때 이미 아빠는 의식이 거의 없었다. 그러나 우리의 말 한마디에 아빠의 감긴 눈에는 금세 눈물이 고이기를 반복했다. 하얀 베개에는 아빠 머리에 남아 있는 머리카락보다 더 많은 수의 머리카락이 어지러이 빠져 있었다.

아빠는 부성애가 강한 사람도 아니었고, 우리 삼남매 또한 아빠와 끈끈한 애정을 표현하는 사이는 아니었다. 아빠는 변화무쌍한 사나이였다.

내가 열두 살이었는지, 열세 살이었는지 어쨌든 그 언저리였을 무렵. 아빠는 종종 술이 거하게 취하면 집으로 전화를 걸었다. 가끔 오빠도, 언니도 받았는데 내 기억에는 내가 가장 자주 받은 것처럼 느껴진다. 엄마는 집요하리만큼 그 시간의 전화를 받지 않았다. 그때의 나는 왜 엄마는 이 전화를 안 받으려 하지, 왜 내가 받아야만 하지라는 생각을 했다. 하지만 어른이 된 지금은 그 한밤중에 집에 들어오지도 않고 연락도 안 되는 아빠 때문에 엄마가 얼마나 화가 났을지 쉬이 짐작이 된다.

아빠는 가끔은 또렷한 목소리로, 또 가끔은 혀가 꼬부라진 목소리로 말했다.

"여주야, 라면 끓여놔. 아빠 30분 뒤에 들어갈게. 파 꼭 많이 넣고 끓이라고. 파. 어?"

아빠는 늘 파를 강조했다. 그리고 문장 끝에 꼭 다그치듯이 "어?"를 붙였다. 그 "어?"가 얼마나 무섭고 마음을 불안하게 만들었는지 모른다. 가끔은 2시가 넘는 새벽녘의 전화를 받고 네네, 하고 끊고 나면, 절대 안 나올 것만 같던 엄마가 방에서 나왔다. 엄마는 나에게 들어가 자라 말하고는, 한숨을 쉬어가며 라면을 직접 끓였다. 그러나 너무 늦지 않는 시간에 전화가 오면 나는 빈 부엌에서 홀로 라면을 끓였다. 라면을 끓일 때는 기분이 이상했다. 술 취한 아빠가 집에 들어오는 게 너무 싫은 동시에, 이 라면이 붇기 전에 빨리 와야 할 텐데 하고 은근히 아빠가 기다려지기도 했던 것이다.

대개의 경우 아빠는 퉁퉁 불은 라면을 먹었고, 가끔은 전혀 손대지 않은 채 뻗어버리기도 했다. 아침에 일어나 국물 하나 없이 칼국수처럼 두꺼워진 면발을 보면, 잠을 참아가며 라면을 끓인 간밤의 헛수고가 떠올라 신경질이 났다. 하지만 아빠에게 왜 라면을 안 드셨냐고 물은 적은 한 번도 없다. 그러나 그보다 최악인 것은 새벽녘에 들어온 아빠가 퉁퉁 불어 터진 라면을 먹고 나서 곤히 자던 우리 삼남매를 깨워 아빠의 인생 넋두리를 한 시간 내내 늘어놓는 것이었다. 쏟아지는 잠과 아빠에 대한 미움이 뒤엉킨 괴로운 밤을 보내야 했다. 그리고 다음 날 아침이 밝아오면 아빠는 아무 일도 없었다는 듯이, 자식들 볼에 뽀뽀를 하며 밝게 웃었다.

청소년기의 나는 일종의 콤플렉스를 갖고 있었다. 그것은 '우리 가족은 화목하지 못한 가족'이라는 생각에서 기인한 열등감이었다. 친구들이 부모님 이야기를 하면 나는 늘 가만히 듣는 쪽이었다. 아무리 친한 친구여도, 친구의 입에서 아빠가 요리를 해줬다든지, 식구들과 어디 놀러 갔다는 이야기가 나오면 갑자기 조금 불안해지면서 어서 빨리 그 이야기가 끝나기만을 바랐다. 친구들의 아빠는 신기할 정도로 다정다감했다. 아이들이 너희 아빠는 어떠냐고, 너희 식구들은 주말에 뭐 했냐고 묻지 않았음에도, 행여나 그런 질문이 나올까 싶어 친구의 이야기가 끝나면 나는 바로 화제 전환을 하고는 했다.

아빠는 간혹 며칠씩 집을 비웠다. 어린 시절의 우리 세 남매는 아빠와 엄마 사이에 벌어진 사건들을 일일이 알 턱이 없었지만, 셋 다 눈치가 매우 빠른 아이들이었다. 엄마는 자주 그늘진 표정이었고, 그 그늘의 정도가 매번 달랐다. 아빠가 집에 안 들어오는 날은 그나마 평화로웠지만, 그것은 마치 태풍의 눈 속 고요함 같았다. 평화롭지만 불안이 엄습하는 어느 한밤중에 아빠가 현관문을 열고 들어오면 나는 이불 속으로 더 파고들었다. 잠귀가 밝아 작은 소리에도 화들짝 잘 깼던 우리 쌍둥이는 이불 속에서 뒤척거리고 등을 맞대며 서로의 존재를 확인했다. 어둠 속의 우리는 불안하면 불안할수록 어떤 틈새도 없어야 된다는 듯 서로의 등을 더 가까이 붙였다.

우리가 중학생이던 언젠가부터 아빠는 꽤 자주 술에 취한 채 들어왔고, 조용하게 시작했던 엄마와 아빠의 대화 소리는 시간이 지날수록 점점 커졌다. 급기야 고성이 오가는 동안 오빠, 언니, 나 셋 중 누구 하나도 선뜻 방을 나오지 못했다.

그런 밤은 잊을 만하면 다시 찾아왔다. 아빠가 다녀간 다음이면 쓰라린 분위기가 온 집안에 며칠 머물다가 다시 평온해지고, 이내 태풍의 눈이 다가오고, 다시 술에 취한 아빠가 오는 날들의 반복이었다. 아마도 아빠는 엄마가 원치 않은 사업을 벌이고 있구나, 하고 짐작만 할 뿐이었다. 중학생이 되면서부터는 성당을 거의 다니지 않았지만 나는 아빠가 들어오는 날만큼은 독실한 천주교인이 되었다. 하느님. 제발, 아빠가 엄마랑 이혼하게 해주세요. 이불 속에서 손을 모아 기도했다.

아빠를 미워하던 내 마음은 아빠의 늙는 모습을 보면서 작아져갔고, 아빠가 암 투병을 시작하면서부터는 불쌍한 마음이 원망을 압도했다. 암 투병은 지독스러워 수발드는 엄마를 지치게 했다.

"너희 아빠는 끝까지 나를 이렇게 괴롭히다가 가려나 보다."

그렇게 말하는 엄마의 목소리에도 아빠에 대한 원망의 일부가 연민으로 바뀌어 있었다. 아빠가 돌아가시고 난 뒤 어느 날 엄마와 30여 년 전의 이야기를 한 적이 있다.

"나는 너희 오빠를 낳자마자 삼칠일 만에 일을 해야 했어. 스물여섯에 애가 이미 셋이었으니 무슨 정신이 있었겠니. 무엇보다 아빠가 너무 속을 썩였지. 육아에 신경을 쓰지도 못했어. 나는 너네를 방임한 거나 마찬가지지. 아빠와의 관계가 늘 불안정했으니 온전하게 너네한테 사랑을 못 준 것은 사실이지. 그나마 니들이 눈치가 빠르니까 챙겨주지 못해도 알아서 이것저것 하더라. 그래도 내 스스로 칭찬이랄까…… 싶은 것은 내가 자식들에게 내 한탄은 하지 말아야겠다, 생각하고 그걸 지킨 거야. 내가 내 신세 한탄을 너희에게 했어봐. 안 그래도 아빠가 미운데, 엄마 감정까지 신경 쓰느라 니들이 더 힘들었을 거 아니야."

사춘기의 자식들에게 늘 숨기려 했던 엄마의 감정은, 그때의 엄마 나이가 된 지금의 우리에게는 더 이상 숨길 거리가 아니었다. 자식들에게뿐 아니라 친구들에게도 부부 사이의 문제에 대해 함구했던 엄마 가슴속 엉킨 실타래는 아빠가 돌아가시고 나서야 조금씩 풀어지고 있는지도 모르겠다.

장지 가는 길에 쓴 시를 받은 엄마는 한 시간 뒤 메시지를 보냈다.

"답시 하나 보낸다."

못난이 손가락

가장 아팠던 못난이 손가락이 떠났습니다.

드러나면 부끄럽고 숨겨도 아팠습니다.

눈 덮인 땅에 조용히 묻어줍니다.

이젠 더 이상 그 때문에 아프진 않겠지만

그 자리에 새 손가락이 생겨나진 않을 테지요.

보이지 않는 흔적으로 고스란히 남아 있겠지요.

엄마와 아빠 사이에 있었던 복잡했던 수많은 사연을 나는 지금도 잘 알지 못한다. 다만, 아빠는 엄마의 후회이자 연민이었고, 사랑이자 상처였다.

「

나의 언니 여진에게

」

언니, 조금 전 낮잠을 자고 일어났어. 꿈속에서는 정말 끔찍한, 그러나 있음직한 일이 일어났지. 그리고 나는 이것이 꿈이라는 것을 깨닫고는 조급한 마음으로 깨어나려 했어. 그렇지만 나는 깰 수가 없었지. 응, 맞아. 나는 가위에 눌린 거야. 아, 겨우 깼다고 생각하면 그건 사실 꿈속이었고, 이제는 정말 깼다고 생각하면 또 꿈속이고…….

수십 번의 시도 끝에 내가 온몸에 힘을 주며 겨우 잠에서 깨어났을 때, 언니 생각이 났어. 언니가 지금 내 곁에 있었다면 내가 더 빨리 깼을 텐데, 하고 생각했어. 오늘같이 무섭게 가위에 눌린 날은 어린 시절의 잠자리가 떠올라.

"여주야! 일어나봐! 너 지금 가위 눌리고 있었어? 숨소리가 이상했어." 하고 나를 살짝 건드리며 깨우던, 그러나 내가 너무 놀라지 않게 배려해주던 언니의 나지막한 목소리. 그리고 악몽에서 깼음에 안심하던 나의 마음. 나의 미세한 숨소리의 변화까지 알아챘던 언니의 존재. 그런 것들이 그리워지는 날이네.

우리 어린 시절에는 한 방을 같이 쓰는 것이 그렇게 불만이었으면서도, 밤에는 서로 등을 맞대거나 손을 잡아야만 편히 잠들었던 것 기억나? 아마 쌍둥이들은 엄마 배 속에서부터 서로 피부가 맞닿아 있었기 때문에 그렇게 서로의 존재를 피부로 느끼며 안정을 얻는 것이 아닐까? 가끔 기사에 나오는 이야기들 있잖아. 인큐베이터 안에서 생명이 위독한 한 쌍둥이 아이를 다른 쌍둥이 아이가 안아줘서 회복했다 등의 이야기들. 그건 정말 본능적으로 안아준 걸 거야. 그들은 붙어 있는 시간이 떨어져 있던 시간보다 길었을 테니까.

우리도 잠을 기다리며 어둠 속에서, 본능적으로 서로 등을 맞대고는 많은 것들을 위안 삼고는 했겠지. 말하지 않아도 알고 있는 서로의 일상을. 가령, 갑작스레 소나기가 내리는 하교 시간 같은 것 말이야. 다른 아이들은 엄마들이 우산을 들고 기다리는데 우리 엄마는 일 때문에 올 수가 없었잖아. 당연히 기대하지도 않았지만 그 아이들을 부러워하며 작은 몸으로 후드득후드득 내리는 비를 맞으며 돌아온 날이라던가. 서서 교과서를 읽으라고 지목받고는 있는 힘껏 목소리를 쥐어짜도 "목소리가 너무 작다. 더 크게, 더 크게!" 몇 번을 다시 읽으라는 선생님의 말에 난감했던 날이라던가. 다섯 살부터 열두 살까지, 나보다 꼭 1년 더 닫힌 입으로 그 나름의 외로운 사회생활을 해나갔던 언니에게도 나와 등을 맞대며 위안을 받던 일들이 숱하게 있었을 테지. 언니, 수달들은 물 위에 누워 자면서 서로 손을 꼭 잡는대. 자는 동안 서로가 물살에 떠내려가지 않게 말이야. 그때의 우리도 수달과 같았지.

성인이 되어서 한동안 나는 입안에 모래 같은 무언가가 가득 차서 하고 싶은 말을 못하는 악몽을 종종 꾸었어. 그 꿈은 꽤 현실감이 있어서 꿈속의 나는 굉장히 무섭고, 우울하고, 답답했지. 입안에 가득 차 있는 것을 아무리 뱉어도 계속 그것이 다시 입안 가득히 차버렸어. 해야 하는 말이 있는데 아무에게도 나는 말을 할 수가 없었어. '지금 꼭 이 말을 해야 하는데 어떡하지?' 가위에 눌린 듯 그렇게 시달리다가 겨우 꿈에서 깨어나게 되면, 나는 하고 싶은 말을 자유롭게 할 수 있는 지금에 감사해. 나의 고통을 이해해주는 언니가 있음에 감사하고, 내 아이의 예민하고 불안한 성격을 내가 재빠르게 알아차릴 수 있음에 감사하고, 드러나지 않는 고통을 가지고 사는 사람들을 이해할 수 있게 된 나 자신에게 감사해. 나는 그 꿈을 몇 개월에 한 번씩 주기적으로 꿨었는데, 어느 날 문득 '어린 시절 말 못했던 것에 대한 기억이 무의식적으로 내 머릿속에서 계속 맴돌아 꿈으로 나타나는 것이 아닐까'라고 생각한 뒤로 다시는 그 꿈을 꾸지 않았어.

언니, 30년이 지난 지금도 그때를 떠올리면 가슴이 아린다. 슬프지만 난 사실, 그 시절의 나의 모습을 떠올리면 종종 수치심이 들기도 해. 평범하지 않았던 나의 행동들이 왜 이렇게 창피했던 걸까. 그건 우리의 잘못이 아니고, 우리 때문에 누가 피해본 것도 아닌데 말이야. 7년 동안 남들 앞에서는 말하지 못했던, 말하고 싶은 의욕조차 없었던 과거. 그 또한 우리가 걸어온 인생의 일부이니, 받아들이고 사랑하며 살자. 언니와 내 안의 작은 아이들이 이제는 조금 밝아지길. 남들이 나의 어린 시절을 물어도 나는 교묘하게 유치원, 초등학교 시절의 모습은 꽁꽁 숨긴 채 살아갔었는데, 그렇게 묶어놓았던 보따리를 풀어버리니 판도라의 상자를 연 기분이야. 나의 아픔을 들여다보는 데에는 매우 큰 용기가 필요하다는 사실을 매일 깨닫고 있는 중이기도 하고. 제우스는 판도라에게 재앙이 들어 있는 상자를 주며 인간 세상으로 내려 보내면서, 그 상자를 절대 열지 말라는 명령을 하지. 판도라가 궁금한 나머지 상자를 여는 바람에 그 상자에서는 욕심, 질투, 미움, 불행이 쏟아져 나왔고 말이야. 판도라는 너무 놀라고 당황해 다시 상자를 닫았는데, 그 상자 안에서 '희망'은 미처 빠져나오지 못한 채 갇히고 말았대. 언니, 우리는 이미 연 판도라의 상자를 다시 닫지 말고 열어두자. 희망도 빠져나올 수 있게. 우리를 닮은 사람들이 희망을 잡을 수 있게.

당부의 글

안녕하세요. 쌍둥이 자매 여진, 여주입니다.

선택적 함구증을 겪고 있는 아이들은 자신이 속한 그룹에서 스스로를 독립시키기 때문에 일상생활에서 소외감과 외로움을 자주 느낍니다. 보통의 아이들은 유치부, 초등부 시기에 또래 집단 구성원들과 어울리며 본격적으로 사회생활을 시작합니다. 이 시기에는 타인과의 동질감을 통해 친밀도를 높여가기 마련입니다. 하지만, 다양한 원인들(선천적으로 타고난 성향, 태아기부터 유아기까지의 직간접적 경험들, 부모와 교사의 양육과정, 가족 환경,

영유아기의 분리불안 등)로 인해 불안도가 매우 높은 채 사회에 던져지는 이들이 있습니다. 이들은 타인과 함께하는 시간이 켜켜이 쌓일수록 자신이 속한 그룹에서 아웃사이더로 굳게 자리 잡을 뿐입니다.

저희는 이 책을 통해 저희가 경험했던 상처, 극복했던 과정을 고스란히 담아 따뜻한 위로와 격려를 보내고 싶었습니다. 혹시 곁에 있는 아이가 선택적 함구증을 겪고 있다면, 도움이 될 만한 당부의 이야기로 마무리를 하고자 합니다. 아이들마다 처한 상황과 성향이 다르니 정답은 없겠지만, 저희의 경험을 토대로 이야기해보겠습니다.

▸ **아이들의 감정을 이해해주세요.**

선택적 함구증을 겪고 있는 아이들은 평소 소외감과 고립감에 시달립니다. 의견표현이 없는 것이 별다른 감정이 없어서가 아니라는 것을 이해해주는 자세가 필요해요. 또래 집단의 아이들이 즐겁게 교류하는 상황에서 혼자만 동떨어진 채 생활하는 것은 스스로 참 괴롭지만, 그 알을 깨뜨리고 변화할 순간을 찾지 못하는 경우가 많습니다. 겉으로는 표정도 행동도 변화가 없으니 평온해 보일지라도 매 순간 마음이 불편하고 자괴감이 들기도 하지요. 감정을 이해해주는 자세 없이, '시간이 가면 나아지겠지' 하고 무작정 기다려주는 태도는 아이의 외로움이 배가 되는 결과를 가져올 수 있습니다.

"불안하구나", "너 힘들구나", "오늘은 못했지만, 다음에는 잘할 수 있을 거야." 아이가 자신이 겪는 감정을 부모가 이해한다고 느끼게 해주세요. "그게 뭐가 무서워!", "아유, 답답해. 왜 인사 하나도 제대로 못하니?" 부모도 사람이니, 피곤하고 힘든 날에는 그렇게 아이의 성격을 비난하는 말이 나올 수 있어요. 하지만 이런 아이들은 자존감에 상처를 입기가 쉬우니 아이를 탓하는 말투는 삼가해주세요. 자존감이 낮아질수록 아이는 더욱 움츠러드니까요.

▸ **아이들에게 말하라고 강요하지 말아주세요.**

아이는 그 상황에서 말을 할 의지가 없지만, 마음속 깊은 곳에서는 누구보다 말을 하고 싶어 합니다. 하지만 말하기를 억지로 강요하지는 말아주세요. 말을 할 수 있는 환경의 변화가 중요합니다. 같은 환경 내에서 말을 하라고 강요하는 것은 아이를 더 주눅들게 할 수 있습니다. 이미 주변에서 본인을 말 못하는 아이로 규정짓고 있는 시선 자체가 무엇보다 힘들거든요. 이럴 때는 아이의 입장을 고려하여 상황을 이끌어가 주세요. 목소리를 내는 일이 덜 부담스러운 환경을 만들고, 침묵마저도 자연스럽게 흘러갈 수 있는 분위기를 조성하는 것이 좋습니다.

사람들을 마주하는 상황을 억지로 겪게 한다고 해서 사교성이 생기는 것은 아니죠. 그러나 집 안에서만, 식구들하고만 지낼 수는 없어요. 하루아침에 좋아지지는 않더라도, 꾸준히 소수의 또래 친구들과 만나 친분을 자연스럽게 쌓는 기회를 만들어주세요.

▶ **부모의 경험을 이야기해주고 응원해주세요.**

모두 그런 것은 아니지만, 낯가림이 심하고 예민한 아이들은 유전적인 성향을 지닐 때가 많아요. 만약 그런 경우라면, "엄마(아빠)도 낯선 사람들이 싫어서 인사도 못 하고, 말도 안 하고 그랬어. 그래서 그게 얼마나 힘든지 잘 알아. 하지만 시간이 지나면 좀 덜해지더라. 조금만 용기를 내면 금방 이겨낼 수 있을 거야." 유치원이나 학교 입학 전에도 긍정적인 힘을 불어넣어 주세요. "학교 가서 친구들 한 명, 두 명 사귀다 보면 학교생활이 차차 재미있어질 거야."

▸ **발표는 도움이 될 수 있지만, 아이에 따라 오히려 역효과일 때도 많아요.**

다른 사람이 본인을 쳐다보는 것 자체가 불안한데, 그 사람들 앞에서 목소리를 내야 한다는 것이 매우 괴로운 아이들이 있습니다. 그런 아이들을 일부러 훈련시킨다고 콕 집어 매번 시키는 경우가 있습니다. 하지만 착각입니다. 도움이 안 될 때가 많아요. 선생님이나 엄마는 그 모습을 보면 답답해서 한숨이 나와요. "더 크게, 다시! 더 크게." 그럴 때 아이가 느끼는 좌절감과 창피함을 생각해주세요. 목소리는 작게 하더라도 하긴 했으니 그 답답함의 표현을 조금 자제해주시고, 모른 척 지나가주세요. 그 아이 딴에는 젖 먹던 힘까지 쥐어짜는 것일 수도 있습니다. 창피하고 부끄러운 경험이 계속된다고 해서 도움이 되지 않아요. 그렇다고 학교생활에 꼭 필요한 일을 그 아이만 제외시킬 수는 없겠죠. 차라리 모든 학생들 앞에서 하라는 것 대신 짝꿍과 둘이 의견을 이야기해보라든지, 서너 명의 소수 집단을 짜주고 그 안에서 발표하게 하면 '말하는 것이 무서운 것만은 아니구나'라고 깨닫게 될 수 있어요. 그렇게 소규모 안에서 말하는 연습을 반복하다가 조금 나아졌다 싶으면 아이가 부담스럽지 않은 방법으로 격려를 해주세요. 단, 너무 많은 사람들 앞에서 공개적으로 칭찬하는 것은 아이에게 과도한 이목이 집중되어 창피할 수 있습니다. 비록 용기를 내어 목소리를 냈지만, 이는 다른 평범한 사람들에게는 당연한 일이니까요. 예컨대, 아이의 개인 일기장에 메모를 남기는 방식처럼 조용하고 잔잔한 칭찬이 좋습니다.

▸ **환경의 변화가 열쇠가 될 수 있습니다.**

아이가 스스로 변화를 추구하는 시점이 오기 마련입니다. 압박감과 스트레스가 극에 달해 이 상태로 지내는 것이 더 이상은 힘들겠다는 생각을 할 때가 도래하는 거지요. 그 시점에서 스스로 말을 하게 된다면 얼마나 좋을까요? 하지만 그러기는 정말 힘듭니다. 변화를 원하는 그 욕구를 가족들에게 명확하게 표현할 수 있다면 좋겠지만, 아이는 그저 지내던 대로 관성을 유지하고자 하는 마음도 큽니다. 변화를 실행으로 옮길 용기도 없고 변화 자체가 두려운 거죠. 무엇보다 가족에게 본인의 심리적 상태를 표현하기 힘들어하는 분위기라면, 그 마음의 변화도 혼자만의 생각으로 끝나는 경우도 있을 겁니다. 그런 점에서 가족들은 아이의 감정 변화나 다짐의 순간을 캐치하는 것이 중요합니다.

그리고 적절한 시기에 그에 맞는 변화를 시도해주는 것은 효율적으로 문제를 해결하는 일입니다. 지금의 나를 알고 있는 사람들이 없는 새로운 곳으로의 전학이나 이사를 원할 수 있습니다. 이 방법은 본인이 변화의 준비가 된 상태에서는 무척 실질적이고 효과적인 방식입니다. 하지만 아이가 스스로 준비가 안 된 상태에서 일방적으로 진행한다면, 같은 패턴이 반복되어 문제의 기간이 더 길어질 수도 있을 겁니다. 아이에게 말을 하라는 충고보다는 아이의 감정을 읽어주는 가족 간의 솔직한 대화가 아이의 변화 시점을 파악하는 데에 역시 도움이 될 것입니다.

▶ **새로운 공간에서 아이의 문제를 먼저 언급하지 말아주세요.**

이러한 아이들에게는 처음 접하는 집단이나 장소에서 자연스럽게 말을 하게 될 가능성 역시 있습니다. 본인이 선택적 함구증 버전을 의식하지 않은 채 어딘가에 발을 들여놓는 경우도 있을 수 있죠. 이때 아이나 상대방을 미리 배려한다는 생각으로 "참고로 우리 아이는 말을 안 해요"라고 말하는 것은 아이 입장에서는 일종의 폭로가 되어버립니다. 아이가 그 공간에서 아무렇지 않게 입을 떼려다가도, 그 말을 듣는 순간 당황하면서 다시 입을 닫아버리는 결과를 초래합니다. 그 상황 자체에 대해 원망과 불만이 생기지만, 부모에게 자기 마음을 표현하지 않았던 아이의 경우에는 그것을 매번 그대로 넘길지 모릅니다. 그러다 보면 그런 폭로의 순간이 계속 반복되고, 아이의 행동은 점점 고착화될 위험이 커집니다. 아이들에게 새로운 장소는 기회입니다. 누군가가 질문을 한다면 엄마가 바로 대답해주기보다는, 아이가 자연스럽게 입을 떼며 스스로 대답할 기회를 줘보는 것도 좋은 방법입니다.

▸ **너무 오래 지속되는 것 같으면 전문가를 찾아가세요.**

가정이나 학교의 도움으로 아이가 입을 여는 경우라면 다행이지만, 노력에도 불구하고 나아지지 않는다면, 발달심리센터, 소아청소년 정신의학과, 한방의료기

관 등의 전문적인 기관의 도움을 적극적으로 받는 것도 좋은 방법입니다.

본래 내향적인 성향이 강한 이 아이들은, 스스로가 가진 섬세함을 바탕으로 주변 환경을 모색하고 타인의 감정을 이해하기에 사려 깊고 배려심이 좋은 편입니다. 비록 사회생활에 실패하는 경험들이 쌓이면서 스스로 위축되기도 하지만, 한편으로 그 시간들은 본래의 성향을 강점으로 배양하는 기회가 되기도 하지요. 사람들로부터 사랑받을 수 있는 충분한 자질을 갖춘 자들이기에, 지독한 마법에서 풀리게 되면 모든 것은 자연스럽게 '원래 그랬던 것처럼' 진행이 됩니다. 가면 속 '나 자신의 원래 모습'을 사회에 자연스럽게 드러내기 시작한다면 그 순간, 본격적으로 문제 해결이 된 셈이지요.

'선택적 함구증'이라는 단어조차 생소하던 시절, 무려 7년이라는 긴 시간 동안 이를 겪었던 저희 쌍둥이 자매는 과거를 깊이 회상하고, 그때의 마음과 상황을 솔직하게 기록하려 했습니다. 비슷한 문제를 겪고 있는 어린이들과 가족들, 교사들에게 용기를 주고 싶었기 때문입니다. 글을 쓰는 시간 동안 덮어두고만 싶던 과거를 몇 번이고 가만히 들여다보았습니다. 눈물이 흐르기도 하고, 미소가 나오기도 했습니다. 안타깝고 슬프긴 했지만, 아름답고 기특하기도 했답니다. 우리의 작은 이야기들을 모아 한 권의 책으로 엮고 나니, 이제 비로소 그 과거를 진정으로 사랑하고 껴안아줄 수 있는 자신들로 성장한 기분입니다. 바로 그 시간들이 지금의 우리를 만들어준 것이니까요. 그때의 우리는 참 나약했지만 한편으로는 큰 문제를 이겨낼 수 있는 단단한 힘을 가지고 있었지요. 지금 우리와 같은 문제를 안고 하루하루를 생활하는 아이들에게 따뜻하고 다정한 응원과 격려를 보냅니다.

변화를 만드는 그 강인한 힘은 이미 아이의 내면에 가지고 있습니다.

이 책이 마법에서 벗어나는 열쇠가 되어, 그들에게 용기가 생기는 찰나의 순간이 찾아오기를 고대합니다.

이제, 하고 싶은 이야기가 있어요

1판 1쇄 인쇄 2022년 6월 17일
1판 1쇄 발행 2022년 6월 27일

지은이 윤여진·윤여주
발행처 (주) 수오서재
발행인 황은희, 장건태
책임편집 황은희
디자인 즐거운생활
마케팅 장건태, 이종문, 황혜란
제작 제이오
주소 경기도 파주시 돌곶이길 170-2 (10883)
등록 2018년 10월 4일 (제406-2018-000114호)
전화 031) 955-9790
팩스 031) 946-9796
전자우편 info@suobooks.com
홈페이지 www.suobooks.com
ISBN 979-11-90382-66-3 03810 책값은 뒤표지에 있습니다.

도서출판 수오서재守吾書齋는 내 마음의 중심을 지키는 책을 펴냅니다.